소녀 귀신 탐정

차례

♦ 지난 줄거리

헐레벌떡 교실에 들어서는 슬아.

오늘도 교실은 부회장 서연을 중심으로 돌아간다.

서연의 옆은 아역 모델 출신 이도희.

그리고 이사장 외손녀 권규림.

그 애들을 바라보고 있는 신아린은 한국 무용 특기자다.

어?

평소와 다른 건 처음 보는 여자애가 교실에 앉아 있는 것이다.

'누구지? 전학생인가?'

그 애는 슬아와 눈이 마주치자 황급히 시선을 피한다.

5

네가 사람이라고?

넌 2주 전에 죽었어.
그리고 난 지난주에
전학 왔지.

말… 말도 안 돼!

슬아는 자신이 자살했고,
억울한 죽음에 한이 맺혀 구천을 떠도는 중이며,
전학생 이나는 무속인 할머니를 닮아
귀신을 볼 수 있다는 사실을 알게 된다.

자살이라니! 그럴 리 없어!

자신이 자살했다는 것을 믿지 못하는 슬아는
자신의 죽음에 대해 조사하려 한다.
또한 슬아가 곁에 있으면 악귀가 보이지 않는다는 사실을 알게 된
이나는 슬아를 도와주기로 한다.

한서연, 궁금한 게 있어.
얼마 전에 죽은 애 말이야.
왜 죽은 거야?

글쎄, 의자 뺏기 게임 알지?
그 자리에 앉겠다 생각한 순간
사라진 거지.

이 세상에서 영원히.

아린

더 이상 슬아 죽음에 대해
알려고 하지 마.
너도 위험해져.

서연의 단짝 아린은 서연 몰래 이나에게
조심하라는 메시지를 보내오는데.
혹시 서연이 범인일까?

하지만 더 이상한 건 회장 우진이다.
평소 다른 사람 일에 전혀 관심없던 우진이
이나 주변을 맴돌기 시작하는데….

9

아린

아무도 믿지 마!

내가 다 말해 줄게.

낼 아침 7시에 체육관 뒤에서 만나.

아린에게 다시 문자가 온 다음 날, 아침 7시.

아린

왜 안 와?

나 옥상에 있어.

"뭐? 체육관 뒤에서 만나기로 했잖아."

그때,

악!

아린이 옥상에서 추락하는 사건이 벌어진다.

아린이 이나와 만나는 걸 아는 사람은

우진뿐….

"날 좀 도와줘. 네 능력이 꼭 필요해."

이나에게 부탁하던 우진의 목소리가 떨린다.

"저, 저기…."

우진이 가리킨 곳에는 죽은 고양이가 누워 있다.

반면 귀신 보는 능력을 가진 이나 눈에
고양이 시체가 살아 움직이기 시작하는데!

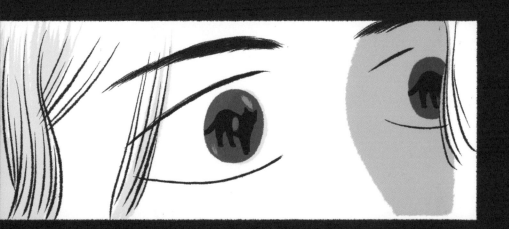

1. 검은 분노

나는 달린다. 전보다 더 빠르게.

진흙의 감촉이 발바닥에 느껴진다.

미, 끄, 러, 워.

생각함과 동시에 몸이 하늘에 붕 뜬다.

이대로 하늘로 가 버리는 것일까?

아니. 땅으로 곤두박질친다.

"야."

누군가 저기 서 있다. 멀리.

우진이다. 우진이 다가온다.

"할 말이 있다니깐."

그런데 그 뒤에 서연이 보인다.

순간 내 몸이 불타오르듯 뜨거워진다.

한서연.

나를 죽게 만든 그 애.

내 몸에서 검은 연기가 뭉실뭉실 피어오른다.

"그만! 그만!"

누군가 소리친다. 내 몸에 찬물을 끼얹는다.

"그만해, 김슬아!"

눈을 떠 보니 이나가 서 있었다. 조금 전까지 나는 이나네 집 소파에 앉아 있었다. 깜빡 잠이 든 모양이었다.

"또 꿈꾼 거야?"

"으응."

아직도 난 그 꿈을 꾸곤 했다. 하지만 전과는 조금 다른 꿈이었다. 예전의 내가 무섭고 겁에 떨기만 했다면 이제 꿈속의 나는 분노하고 화가 나 있었다. 이나에게는 비밀이었다. 안 그래도 이나는 자꾸 내 주위로 검은 기운이 모인다며 악귀가 되지 않게 조심하라고 잔소리를 했다. 꿈속에서 나를 말리며 물을 끼얹는 것도 이나였다.

"이상하네. 전에는 밤에만 그랬잖아. 그런데 이제는 불시에 멍해

지면서 꿈을 꾸네?"

이나가 내 눈을 뚫어져라 들여다봤다. 그때 우리 사이로 뭔가가 휙 끼어들었다.

"냐아옹."

냐아였다. 그날 밤, 고양이 시체 옆에서 발견된 냐아. 진짜 고양이가 아니라 고양이 시체에서 빠져나온 영혼이었다. 이나는 진짜 고양이가 아니라는 걸 알자마자 소스라치게 놀라며 물러섰지만, 고양이의 영혼은 계속해서 이나를 따라왔다. 냐아. 냐아옹. 울면서. 결국 냐아는 이나 곁에서 함께 지내게 되었고 집에 데리고 들어오자마자 나도 냐아를 볼 수 있게 되었다.

"냐아, 또 샘내는 거야?"

이나는 냐아가 진짜 고양이라도 되는 양 쓰다듬는 시늉을 했다. 냐아도 자신이 진짜라도 되는 것처럼 이나 팔에 몸을 비볐다. 반면 나를 보고는 이를 드러내며 일명 '하악질'을 했다.

"야, 난 너랑 같은 등급이 아니거든."

냐아는 나도 자기처럼 이나의 애완동물이라고 생각하는 것 같았다. 틈만 나면 나를 경계하며 이나 곁에 못 오게 했다.

딩동.

누군가 초인종을 눌렀다. 이나의 할머니는 현관 잠금키 번호를 알고 있었으니, 초인종을 누를 만한 사람은….

16

"택배 아저씨?"

하지만 이나는 고개를 저으며 문을 열었다.

"이우진!"

나는 문밖에 있는 사람을 보고 깜짝 놀라 소리치다가 급히 입을 틀어막았다. 어차피 우진에게는 아직 내가 보이지도 들리지 않는데도.

"왔어?"

이나가 우진을 3인용 소파로 안내했다. 그 탓에 나는 앉을 자리가 없어졌다. 나머지 자리에는 냐아가 몸을 길게 뻗어 엎드려 있었다. 마치 나를 못 앉게 하려는 듯이. 물론 나는 귀신이니깐 인간과 몸을 겹쳐 앉아도 상관없었다. 하지만 우진과 몸을 겹치는 건 좀….

"이나야, 네가 불렀어? 이우진이 왜 온 거야?"

이나는 나를 철저하게 무시하고 우진에게 음료수를 따라 가져다주었다. 어차피 우진은 내 존재에 대해 어느 정도는 알고 있었기에 이나에게 조금 서운했다.

"고마워."

"이거 몸에 좋은 거니까 꼭 마셔."

우진은 어색한 듯 유리잔을 만지작거리더니 입으로 가져갔다.

"안 마시는 게 좋을걸."

나는 중얼거렸다. 그 유리잔에 든 녹색 음료의 정체를 나는 알고 있었다. 분명히 우진도 그걸 좋아하지는 않을 터였다. 물론 내 조언은 공허한 울림일 뿐이었지만.

"웩!"

한 모금 쭉 들이켠 우진이 인상을 썼다.

"윽, 이게 뭐야?"

"녹즙. 왜? 한 잔 더 마셔도 돼. 우리는 하루에 두 개씩 종이팩으로 배달 받아 먹거든. 그런데 요즘은 할머니가 지방에 내려가셔서 늘 남아."

이나가 정말 아무것도 모른다는 표정으로 말했다. 우진은 입을 닦으며 말했다.

"너 취향 독특하다. 물 좀 줘."

이나가 물을 가지러 간 사이에 나는 의심 가득한 눈빛으로 우진을 살펴보았다. 황금 같은 주말에 이나네 집에 오다니 도대체 무슨 일일까? 전에 말한 엄마 이야기 때문일까? 얼마 전 우진은 돌아가신 엄마를 만나게 해 달라는 부탁을 해 왔다. 냐아를 만나 데리고 온 그날 밤이었다.

"그런데 정말 여기 그 고양이가 있다는 거지?"

우진이 두리번거리며 물었다. 이나는 소파 쪽을 가리켰다.

"그 고양이도 있고, 그 옆에 슬아도 있어."

이제야 내 이야기를 꺼내다니. 게다가 냐아보다도 나중이었다. 나는 조금 기분이 상했다. 우진은 나를 찾는 듯 주위를 둘러보더니 이나의 시선이 닿는 곳을 바라봤다.

"안녕? 잘 있어?"

우진이 나에게 말을 걸다니. 꿈속에서 말을 걸던 모습이 떠올랐다. 나도 대답을 전하고 싶었다. 이나를 통해서가 아닌 내 목소리로. 그 애와 대화해 보고 싶었다. 하지만 우진은 이나처럼 귀신을 볼 수 있는 게 아니니까 그럴 수가 없었다. 영원히 그럴 것이라고 생각하니 눈물이 나올 것만 같았다.

가질 수 없는 것, 할 수 없는 것. 나는 미래에 어떤 사람이 될지를 꿈꾸던 학생에서 하루아침에 모든 걸 꿈꿀 수 없는 사람이 되어 버렸다. 이게 다 한서연 때문이었다. 서연을 떠올리니 다시 마음속에 거친 파도가 일어났다.

"슬아도 잘 지낸대. 고맙대."

내가 말이 없자 이나가 아무렇게나 말했다. 우진은 메고 온 가방에서 뭔가 꺼냈다.

"이거…."

고양이들이 먹는 통조림이었다. 설마 냐아가 저걸 먹을 수 있다고 생각하는 건 아니겠지?

"…냐아가 뭔가 문제가 있어서 다른 세상으로 못 넘어가는 것 같

19

다고 했잖아. 그래서 혹시 제사라도 지내 주면 낫지 않을까 해서."

우진이 조심스럽게 말하자 이나가 환하게 웃었다.

"좋은 생각이다. 정말."

이나가 저렇게 밝게 웃는 건 처음 봤다. 우진의 마음이 기특하다고 해야 할까? 그런 비슷한 감정인 듯했다. 삶과 죽음을 모두 보는 이나는 양쪽의 입장을 잘 알고 있었다. 소통을 시도하고 배려하는 우진이 반가운 건 당연했다. 그런데 내 기분은 이상했다. 순간 누구에게라고 딱히 말할 수 없는 질투가 인 것이다.

"나 갈게."

나는 밖으로 나왔다. 이나가 뭐라고 했지만 못 들었다.

토요일이지만 학교로 갔다. 발길이 절로 학교로 향했다. 학교 뒷산은 내가 증오하는 곳이었지만 그래서 그곳에 갈 수밖에 없었다. 내가 죽은 곳이어서 내 모든 것이 있는 곳이었다. 잃어버린, 증거 영상이 담긴 SD 카드도 그곳 어딘가에 있었다.

뒷산에 거의 다 다다랐을 때 문득 온몸이 활활 타오르는 것 같았다. 내 몸이 아니라 영혼이 타오르고 있었다.

"한서연…."

나는 본능적으로 느낌이 나는 곳으로 뛰었다. 과연 벤치에 그 애가 있었다. 한서연.

"야!"

무섭게 소리치며 서연에게 달려들었다. 물론 서연은 나를 볼 수도 들을 수도 없었다. 하지만 뭔가 느낀 듯 순간 고개를 들었다.

눈이 마주치자 나는 잠시 멈췄다. 서연의 눈빛. 살아 있는 인간이 가진 그 눈빛이 분했다. 나는 자기 때문에 암흑이 더 어울리는 귀신이 되었는데 그 누군가는 이리 살아 숨 쉬며 따스한 햇빛을 내리쬐고 있었다. 이제 내가 영원히 느낄 수 없는, 그 따스함, 차가운 아침 공기가 기도로 들어올 때의 그 상쾌함, 맛있는 음식을 먹었을 때 입 안 가득 행복하게 해 주는 만족스러운 맛.

아무것도 없었다. 이제, 나에게는.

"너도 죽어!"

나는 소리치며, 진심으로 서연이 죽기를 바라며 몸을 날렸다.

"그만!"

목소리와 함께 누군가 나를 빨아들이듯 몸이 뒤로 잡아당겨졌다. 이나가 씩씩대며 나와 서연 사이에 서 있었다. 그제야 정신이 들었다. 온몸에서 뜨거운 기운이 빠져나가 순식간에 흩어져 사라졌다.

"가자."

"장이나?"

아무것도 모르는 서연이 황당해하며 이나를 불렀다. 나를 데리고 떠나려던 이나가 멈춰 섰다.

"한서연, 내게 감사하고 이제라도 정신 차리고 착하게 사는 게 좋을 거야. 알겠어?"

이나가 날카롭게 말하자 서연은 무어라 말하려다가 벤치에 털썩 앉았다.

2. 악귀

"이럴 줄 알았어. 그래서 널 뒤따라온 거야."

아무도 없는 곳에 오자 이나는 나를 야단쳤다. 잠깐 사이에 얼굴이 파리해져 있었다. 나를 막느라 기운을 쓴 탓이었다.

"상관하지 마. 난 그저…."

"그저 뭐? 겁이나 주려고 그런 거라고? 아니잖아. 진심으로 그애를 해치고 싶었잖아. 그런데 넌 서연을 해치지 못해. 오히려 네영혼만 파멸하게 되는 거라고. 지금 네 꼴이 어떤 줄 알아?"

이나는 무척 화가 나 있었다. 순간 아까 몸이 잡아당겨지듯 움직였던 것이 기억이 났다. 누군가 엄청난 힘으로 잡아당긴 것만 같았다. 그걸 이나가 한 건가? 그만하라는 이나의 목소리를 듣자마자몸이 절로 그렇게 됐다. 그런 놀라운 힘을 썼으니 이나 얼굴이 핼

쑥한 게 당연했다. 이마에 송골송골 식은땀이 맺혀 있었다.

"괜찮아? 너 얼굴이…."

"조금 전 슬아 네 몸에 검은 기운이 가득했어. 그 기운이 너를 잡아먹는 순간 엄마도 아빠도 심지어 나도 못 알아보고 아무한테나 악행을 저지르게 되는 거야."

"하지만 한서연을 어떻게 가만히 두겠어. 얼굴을 보니깐 참을 수가 없었어. 다 저 애 때문이잖아!"

"명심해. 그런 식으로는 복수할 수 없어. 우리는 현실적인 복수를 해야 해."

그때 내 눈에도 검은 뭉치 같은 연기가 보였다. 연기는 아까 서연이 있던 곳으로 가고 있었다.

"이나야, 저게 뭐야?"

"저거…. 저게 바로 악한 검은 기운이야. 그런데 누구지? 왜 저리로 가는 거지?"

나 말고 또 누군가가 서연을 노리고 있는 것 같았다.

우리는 서둘러 서연에게 다시 가 보았다. 계단을 오르는데, 서연 말고 다른 사람의 목소리가 들렸다.

뜻밖에도 우진이 서연과 있었다.

"말도 안 돼. 이우진이 왜 여기 있어?"

"일단 지켜 보자."

25

이나는 신중하자는 입장이었다. 하지만 우리가 있는 곳에서는 무슨 이야기를 하는지 도무지 들리지 않았다. 두 아이의 심각한 표정만이 보일 뿐이었다.

"내가 가까이 가서 듣고 올게."

이럴 때는 귀신이라는 점이 편했다. 서둘러 우진 쪽으로 가는데 또다시 검은 연기가 보였다. 연기는 조금 떨어진 창고 쪽에서 나왔다. 나는 방향을 틀어 곧장 창고로 갔다.

"콜록콜록."

연기가 지독했다. 목이 매캐해지면서 기도가 좁아지는 느낌이 나고 기침이 나왔다. 창고에는 이미 아무도 없었지만 검은 연기가 자욱하게 남아 있었다. 그 누군가의 흔적. 설마 악귀일까? 우진을 향한 것은 아닐 터였다. 나 이전에 서연에게 억울하게 당한 영혼일지 몰랐다.

다시 우진과 서연 쪽으로 갔을 때는 이미 서연이 간 뒤였다. 이나가 우진 쪽으로 뚜벅뚜벅 걸어오고 있었다. 우진이 먼저 반가이 말했다.

"여기서 뭐 해? 한참 찾았잖아."

"한서연이랑 무슨 말했어? 여기서 만나기로 한 거였어?"

이나가 따져 묻자 우진이 당황했다.

"아니야. 난 네가 갑자기 나가기에 쫓아온 거야. 널 찾다가 우연히 한서연을 만난 거고."

"무슨 말 했냐니까?"

"몰라도 돼."

우진은 특유의 무뚝뚝한 표정으로 돌아갔다. 더 캐물을 수 없는 단호함이 느껴진다고 할까? 천하의 이나도 더는 묻지 못하고 물러서야 했다.

"그나저나 슬아야, 창고에 누가 있었어?"

이나가 나에게 물었다. 나는 고개를 저었다.

"아무도 없었어. 검은 연기만 남아 있었어."

"창고에 누가 있다니?"

우진이 끼어들었다.

"누군가 네가 한서연과 무슨 이야기를 하는지 지켜보고 있었어. 귀신인지 인간인지는 모르지만 너희 둘 중 하나에게 나쁜 마음을 가지고 있는 것 같아."

우리는 다시 창고로 갔다. 이나는 무언가 알아내 보려는 듯 눈을 감고 잠시 집중했다.

"꼭 슬아가 한서연을 증오하듯이… 그런 비슷한 기운이 느껴져."

"내가 남겨 놓은 기운이 아니라는 건 알지?"

"응. 이건 뭐랄까… 좀 더 잔인하고… 무서워."

내 소감도 그랬다. 검은 연기는 너무나 짙어서 악몽을 뭉쳐 놓은

형상 같았다. 그걸 뽑아 낸 자는 악귀일 가능성이 높아 보였다.

"물론 너도 만만치 않아. 신경 안 쓰면 곧 저렇게 될 거라고."

이나가 핀잔을 줬다. 기력을 많이 써서 비틀거리는 이나를 보니 변명하기도 미안했다.

"이우진 도움을 좀 받는 게 어때?"

나라도 도와주고 싶었지만 나는 집중해서 손으로 만지거나 잡을 수 있는 정도지 온몸으로 이나를 부축할 수는 없었다.

"됐어. 학교에서 집까지 멀지도 않은데 뭐."

이나는 고집스럽게 혼자 걸어갔다. 이우진은 이나를 신경 쓰는 듯했지만 나서서 부축하지는 않았다. 나는 우진을 노려보았다. 아까 서연과 같이 있던 모습은 누가 봐도 수상해 보였다. 별것 아닌 질문에 과하고 무뚝뚝하게 답한 것도 뭔가 걸리는 게 있다는 소리였다.

놀이터를 돌아 이나네 집으로 들어가려는데 놀이터가 소란스러웠다. 소리를 지르거나 우는 아이도 있었다.

"징그러워!"

"꺅!"

여자아이 둘이 소리를 지르며 놀이터에서 뛰어나왔다.

"무슨 일이니?"

"고양이가 죽어 있어!"

"고양이 시체가 저기 있어. 으으. 닭살 돋아."

아이들은 달아나듯 서둘러 가 버렸다. 우리는 아이들이 모여 있는 곳으로 다가갔다. 모래놀이를 할 수 있게 만든 모래에 뭔가 검은 물체가 보였다. 나는 선뜻 다가가지 못하고 멀찌감치 서 있었지만 이나는 성큼성큼 그 앞으로 다가갔다.

"또 죽었어."

이나는 주위를 두리번거리며 한참을 뭔가 찾더니 말했다.

"다행히 이번에는 고양이의 영이 보이지 않아. 아무것도 모르고 편히 떠난 것 같아."

동물의 영이 남아 떠도는 건 흔치 않은 일이라고 했다. 이나는 그래서 냐아를 더 안쓰러워 했다. 잃어버린 주인이 있거나 뭔가 사연이 있을 거라는 짐작뿐이었다.

이나는 아파트 재활용 수거장에서 작은 상자를 가져와 죽은 고양이를 담았다.

"고양이들이 많이 다니는 곳에 묻어 주자."

고양이들이 많이 다니는 곳이라면 학교 뒷산과 이어진 아파트 뒤 약수터 근처 산이었다.

"삽은 내가 금방 가져올게. 약수터 앞에서 만나."

우진이 서둘러 집으로 달려갔다. 우진과 삽이라니 뭔가 이상한 기시감이 느껴졌다. 삽을 들고 있던 것을 어디선가 보았던 것만 같은 느낌. 우진이 식물에 관심이 많고 교실 화분도 돌보고 있으니 언젠가 스치듯 보았을 수도 있겠지. 하지만 왜일까? 그게 굉장히 중요한 장면 같은 것은.

　우리는 사람들이 다니지 않는 나무 사이에 고양이를 묻고 잠시 묵념으로 애도했다. 나는 그동안에도 흘낏흘낏 우진의 삽을 보았다. 더 추가해서 떠오르는 기억은 없었다. 이나가 삽에 대해 묻자 우진은 자신이 식물 채집할 때 쓰는 거라고 했다.
　"누가 고양이들을 죽이는 걸까? 이건 우연이라고 볼 수 없어."
　이나는 화가 난 듯 보였다. 옛날에는 고양이가 쥐약 같은 것을 잘못 먹고 죽는 일이 비일비재했다지만 한 동네에서 연속으로 고양이가 죽었다는 건 이상한 일이었다. 이 고양이와 냐아가 같은 사람에게 희생당했을 확률이 높았다. 길고양이들을 혐오동물로 여기는 사람들도 있다지만 죽이기까지 한다는 건 심각한 문제였다.
　"안 그래도 요즘 우리 동네에 스산한 기운이 느껴지고 있어. 난 그게 슬아 너 때문이라고 생각했는데 아니었어. 냐아가 죽은 게 단순한 사고가 아니었고…."
　"연쇄 살인이지. 아니 살묘."
　나는 고개를 끄덕이며 동의했다. 우진도 주먹을 꽉 쥐었다.

"죄 없는 고양이들을 죽이다니 도대체 어떤 인간이야?"

"하여간 인간이 세상에서 가장 잔인한 존재라니깐."

이나가 씁쓸하게 말했다. 겨울해가 일찍 지면서 하늘이 더 쓸쓸해졌다. 우리 기분도 점점 가라앉아 갔다.

집에 돌아와서도 죽은 고양이의 모습이 머릿속에서 떠나질 않았다. 오늘도 여느 때처럼 웃음기라고는 없는 엄마와 아빠 얼굴을 한 번씩 보고 내 방으로 와 침대에 누웠다. 이나 말대로 인간은 정말 잔인했다. 생존을 위한 것이 아닌 이유로 다른 생명을 죽이는 유일한 종족. 진흙에 미끄러져 절벽 아래로 내동댕이쳐지던 순간이 떠올라 머리가 아파 왔다.

"으."

동시에 갑자기 눈앞이 뿌옇게 됐다. 머릿속으로 안개가 스멀스멀 밀려오는 것 같았다.

뭐?

내 또래 남자아이의 목소리.
하지만 마치 내가 말하는 듯한 느낌.
뭐지?

아냐. 이건 내가 아니야!

좋아해?

다른 사람 몸에 더부살이를 하며

벌을 받는 느낌?

여긴 어디지?

그 자식에게 고백하는 거 다 들었어. 그래서 나한테 헤어지자고 한 거야?

그런 거 아니야. 이건 별개의 문제라고.

사실 너랑 헤어지려고 한 건 한참 됐어.

그간 사건이 많아서 말을 못 했을 뿐이지.

어디서 들어본 익숙한 목소리.

33

변명하지 마!

그럼 왜 옥상 열쇠 건을
나한테 부탁한 건데?

그건… 너밖에
말할 사람이 없었으니까….

화가 나.
가슴이 답답해.

우진이는
우리 둘의 일과
상관없어.

우진이? 이우진?

34

옥상 열쇠 건?
얼마 전 교무실 서랍에서
옥상 열쇠를 훔쳤던 그 일?

너, 너는?!

팟!

"아!"

뭔가 불을 껐다가 켠 것처럼 눈앞이 깜깜해졌다가 다시 환해졌다. 나는, 즉 내 영혼은 다시 돌아와 있었다. 침대에 누우면 보이는 익숙한 내 방 천장이 보였다.

그 여자애는 분명 서연이었다. 통화하던 남자애는 누구일까? 그리고 왜 나는 하필 그 아이에게 들어갔다가 나온 걸까?

그러고 보니 아까 우진이 서연과 심각하게 이야기하고 있던 게 이 내용인 것 같았다. 서연이 우진에게 호감을 가지고 있는 건 알았지만 좋아한다고 고백하다니 의외였다. 우진을 그렇게까지 생각할 줄은 몰랐다. 게다가 이미 남자친구도 있는 것 같은데.

우진은 서연의 마음을 받아들였을까? 뭐라고 대답했을까? 궁금했다. 우리 학교에서 서연을 마다할 남자아이는 아마 없을 테니까. 게다가 신사답게 서연의 비밀을 지켜준 셈이긴 했지만 한편으로는 수상한 생각도 들었다. 설마 서연의 마음을 받아들이고 그 편에 서게 되었다면….

불현듯 창고 쪽에서 봤던 검은 그림자가 떠올랐다. 내 환상 속 남자아이가 서연의 고백을 알고 있다면 그곳에 있던 것이 분명했다. 하지만 그 검은 연기는 뭐였을까? 남자애는 악귀나 악귀가 되려는 귀신은 분명 아니었다. 살아 움직이는 인간이었다. 인간이 엄청난 악의를 품으면 악귀의 연기를 내뿜을 수 있는 것일까.

혼자서 해결하기에는 어려운 문제였다. 하지만 이나에게 전화하려니 망설여졌다. 요새 전과는 다른 변형된 꿈을 꾸곤 하는 것이 마음에 걸렸다.

"그래, 좀 더 확실해지면 말하자."

나는 휴대폰을 놓았다. 그리고 남자아이의 목소리를 다시 떠올려 보았다. 우리 학교 학생? 내가 아는 아이? 도대체 누구지? 알 듯 말 듯하면서도 도무지 생각이 나지 않았다.

3. 방학

　겨울방학이 됐다. 나는 몇 번이고 서연에게 다가가려고 시도했지만 번번이 튕겨 나가는 바람에 도저히 가까이 갈 수가 없었다. 이나가 친 결계 때문이었다. 서연에게 품은 내 분노가 너무 커서 걱정이 된다며 이나는 서연 주위로 내가 못 가게 수를 써 놨다.

　결계의 효과가 한시적인 거라고는 하지만, 내가 겪은 이상한 경험에 대해 알아내는 데는 큰 방해가 되었다. 그 이상한 현상은 아직까지 다시 일어나지 않았고 새로운 정보는 없었다. 그나마 다행인 건 방학이라 해도 학교는 돌아간다는 사실이었다.

　방학 중에도 특강 형식을 띤 수업은 계속 진행했다. 우리 학교 학생이라면 빠지지 않고 신청하는 수업이었다. 학기 중 시험에 반영되는 내용이 주를 이루었으므로 듣지 않는 게 손해였다.

하지만 이나는 아무렇지도 않게 특강을 신청하지 않았다. 내가 정말 중요한 수업이라고 말해도 눈 하나 깜짝 안 했다.

학교를 마치고 함께 집으로 걸어가다가 우진은 이나가 신청하지 않은 걸 뒤늦게 알고 물었다.

"방학 동안 다른 일정이라도 있는 거야?"

"방학에는 쉬어야지."

이나가 가볍게 말하자 우진은 잠시 이나를 물끄러미 바라보더니 말했다.

"한서연도 취소했던데."

"뭐? 왜?"

"방학 동안 단기 어학연수를 간다나 봐."

"진짜 얄미운 짓만 골라서 한다니까."

이나가 중얼거리며 앞서 걸어갔다. 우진은 잠시 주춤거리더니 급하게 외쳤다.

"잠깐만 기다려 봐. 나 금방 다녀올게."

이나는 시키는 대로 기다렸고 우진은 재빨리 교무실에 다녀왔다. 방학 특강을 취소했다고 했다. 사유는 자기 주도 학습을 위해. 우진이라면 묘하게 납득이 되는 이유였다.

"너는 왜?"

"그러고 싶어서."

도무지 우진의 속내를 알 수가 없었다. 우진은 매사가 그랬다. 지켜보고 판단하고 해결하고. 혼자 조용히 움직였다. 다른 애들과 시시껄렁한 이야기를 나누며 몰려다니는 걸 본 적이 없었다. 하지만 이번에는 좀 기분이 이상했다. 도대체 왜 우진은 특강을 취소한 걸까? 이나가 안 한다고 해서? 아니면 서연 때문에?

우진의 또 하나의 특기는 바로 더 캐묻지 못하게 하는 단호함이었다. 나도 이나도 결국 질문을 던지지는 못했다.

그나저나 마음이 급해졌다. 서연이 방학특강에 안 나오고 외국으로 어학연수를 간다면 얼마 전 일어난 현상이 어떤 것인지 알아볼 기회가 당분간은 사라지게 된다.

설마 정말 꿈은 아니었겠지? 나는 살아 있는 인간이 아니었기에 꿈인지 아닌지 구별하는 게 더 어려운 것 같았다. 단 한 번이라도 같은 현상이 다시 일어난다면, 뭔가 더 알아낼 수 있을 텐데.

"어머."

이나가 갑자기 작게 비명을 질렀다. 팔을 쭉 뻗어 길 한쪽에 늘어져 있는 뭔가를 가리키고 있었는데, 손가락이 약하게 떨리고 있었다.

"뭔데?"

우진이 먼저 달려가서 확인했다. 이나는 입을 막고 물러서 있었다. 그건 고양이였다. 몸을 웅크리고 움직이지 않았지만 분명 고양이었다. 또 고양이가 죽은 것이다. 우진이 고개를 절레절레 흔들었다.

"아니야. 아직 살아 있어!"

이나가 소리쳤다. 그 소리에 놀라서인지 고양이가 크게 꿈틀댔다. 정말 살아 있었다.

"빨리!"

이나의 외침과 함께 우진이 고양이를 안고 뛰었다.

"다음 모퉁이에 동물병원이 있어."

이나는 용케 동물병원 위치를 알고 있었다. 우진은 빠른 속도로 달렸다. 문을 열고 들어가자 그 기세에 놀라 수의사 선생님이 튀어나왔다.

"제발, 제발 살려 주세요."

이나가 울먹였다. 언제부터 울었던 것인지 얼굴이 눈물범벅이었다.

"독극물에 중독된 걸로 보여. 다행히 미량이어서 생명에 지장은 없어."

수의사 선생님은 고양이를 며칠 입원시켜야 안전하다고 했다. 이나와 우진은 용돈을 털어 치료비를 마련했다. 다행히 길고양이를 데려온 거라는 걸 안 수의사 선생님은 돈을 반만 받았다.

"어떤 독이요?"

"그건 알 수가 없지. 얼마 전에도 동네에서 죽은 고양이가 있다고 들었는데 누가 고양이 밥에 독을 넣고 다니는 건 아닌지 몰라."

수의사 선생님은 우리 이모 또래의 아가씨였다. 금세 눈물이 글썽거리더니 앞으로 또 이런 고양이를 발견해서 데려오면 무료로 진료를 해 주겠다고 했다. 든든한 지원군이 생긴 것이다.

"어린 학생들이 이렇게 마음 써 주는 것만으로도 고마워."

"아니에요. 저도 고양이 길러서요."

이나가 말했다. 하기는, 귀신 고양이도 고양이긴 하니깐. 냐아는 이나네 집 쇼파에 누워 낮잠을 자고 있을 터였다.

냐아를 포함해서 벌써 죽은 고양이가 두 마리였다. 독극물에 중독된 고양이까지 나타난 마당에 가만히 있을 수가 없었다. 불쌍한 고양이들에게 이런 짓을 한 사람은 도대체 어떤 사람일까? 힘없이 누워 있는 고양이를 지켜보다가 동물병원을 나오는데 가슴 깊은 곳에서부터 분노가 일었다. 너무 화가 나서 참을 수가 없었다. 당장 밖으로 달려가 범인을 찾아 응징하고 싶은 마음뿐이었다.

"김슬아, 진정해."

이나가 낮고 단호한 목소리로 나를 붙잡았다. 이나 목소리가 주문이라도 되듯 제정신이 돌아왔다.

"오늘은 집에 가지 말고 나랑 있어."

이나는 아무래도 나를 못 믿는 모양이었다.

"네 안경… 한쪽에 금이 가 깨진 그 안경 말이야. 요즘 더 많이 깨진 거 알아?"

유리나 거울에 귀신인 내 모습이 비치지 않으니 미처 몰랐다. 안경을 벗어 보니 금이 조금 더 길게 가 있었다.

"그러다가 완전히 깨져 버리고 말 거야. 그때는 어떻게 될지 나도 알 수 없어."

이나가 경고했다. 겁이 덜컥 났다. 안경이 내 상태를 말해 주고 있었다. 죽은 모습 그대로 변하지 않는 귀신이 뭔가 변했다는 것은 큰 의미였다. 그것도 나쁜 쪽으로. 내가 악귀가 되면 엄마도 아빠도 이나도 다 잊어버리고 복수만을 위해 달리게 되는 걸까? 아니면 아무에게나 해코지를 하며 세상을 떠돌게 되는 걸까? 그건 싫었다. 내가 더는 나 자신이 아닌 게 되어 버리는 건 참을 수 없었다.

아는 것보다 알 수 없는 것이 더 두려운 법이다. 귀신이 된 것도 예상 못 한 일이지만 그 뒤의 일은 상상조차 할 수 없었다.

이나는 평소에는 보지도 않는 텔레비전 음악 방송을 크게 틀어 놓고 재미있게 보는 척했다. 냐아는 어느 때처럼 이나와 나 사이에 늘어져 하품을 하더니 이내 잠이 들었다. 낮에도 줄곧 잤을 텐데 고양이들은 참 이상하다. 늘 나른해 보인다고 해야 할까 여유로워 보인다고 해야 할까. 그런 습성이 죽어서 영혼으로 남았을 때도 이어진다는 건 참으로 신기한 일이었다.

나는 동물이 아니어서인지 죽음을 겪은 뒤로 많이 변했다. 전에는 공부만 할 줄 아는 소심한 아이였을 뿐이었다. 하지만 이제는 깨달았다. 그렇게 순종적인 삶을 살아 봤자, 다른 사람들에게 무시나 당할 뿐이었다. 서연 같은 못되고 이기적인 인간이 존재하는 한 나 같은 사람은 약자였다.

이제 만날 수 없다는 그 말, 너보다 먼저 내가 내뱉은 말. 오, 거짓말.

지루하고 식상한 가사였다. 하지만 내 또래의 아이돌 그룹은 생동감이 넘쳤다. 말 그대로 살아 움직이는 진짜 사람. 나와는 달랐다. 얼마나 인기 있는 그룹인지는 몰랐지만 부러웠다. 살아가고 있다는 것 자체가 알고 보니 대단한 거였다.

내가 계속 살아갔다면 어떤 직업을 가지고 어떤 신념으로 지내

게 되었을까? 궁금하지만 이미 존재조차 하지 않는 나의 미래. 나
도 모르게 눈물이 나는 듯 눈앞이 뿌옇게 변했다. 하지만 아무리
눈을 비벼 봐도 눈물 같은 건 없었다.

"이상해, 이나야. 나 또…."

내 목소리가 멀게 들렸다. 그러고 보니 아이돌 그룹의 시시껄렁
한 노래도 멀어져 가고 있었다. 몸이 공중에 붕 떴다가 훅 떨어져
내리는 기분이 들었다.

"이… 나… 야….'

고양이 털….

냐아?

아니네.

자, 먹어. 어서!
너희가 잘 먹어 줘야 내 실험이
성공한단 말이야.

냐옹

ROYAL

수

실험? 성공?

뒤적
뒤적

풀
풀

윽! 냄새.

자, 맛있는 냄새 나지?
넌 그쪽 말고 이거 먹어.

야옹

휙

대체 뭘 하는 거지?

휘적

휘적

그래.
저번 실험은 실패였어.

나는 너희를 죽일
생각은 없었어.

냥 냥

냥

이게 얼마나
비싼 캔인데.

돈도 얼마 안 남았으니
이번엔 꼭 적당한 비율을
알아내야 해.

혹시….

그래, 그래. 잘 먹는다.

삭
삭

고양이 살해범?

이리 와!
이번엔 절대 안 죽는다고!

아씨, 안 와?

화가 나. 왜지?

심장이 빨리 뛰어.

온몸이 뜨거워져.

48

49

"야, 왜 그래? 슬아야, 정신 좀 차려 봐."

눈을 떠 보니 텔레비전에서 여전히 아이돌 그룹이 춤을 추고 있었다.

"어? 어떻게 된 거야?"

"갑자기 말을 시켜도 못 듣고 멍하니 텔레비전만 보더라."

"내가?"

"응. 무슨 일이야? 잠든 것 같진 않았어. 분명히 텔레비전을 보고 있는 거 같았는데."

이제 확실했다. 방금 내가 느낀 감정과 겪은 현상은 절대로 꿈 따위가 아니었다.

"그게…."

나는 이나에게 모든 것을 말했다. 이나는 진지한 표정으로 듣더니 흡사 빙의 현상과 비슷하다고 했다.

"문제는 그 남자애가 누군지 모른다는 거야. 상황을 봤을 때는 한서연과 잘 아는 사이 같긴 한데…."

그 순간 번쩍하고 머리를 스쳐 지나가는 생각이 있었다. 왜 미처 떠올리지 못했을까? 처음 서연과 통화하는 걸 봤을 때부터 눈치챘어야 했다. 나는 그 애를 알고 있었다.

교문 앞에 서 있던, 서연과는 도무지 어울리지 않던 그 남자애. 그래서 남자친구일지도 모른다고 연관 짓지 못했다. 서연같이 도

도한 애가 좋아할 만한 타입이 아니라고 생각했기 때문에. 게다가 그날 둘의 분위기는 전혀 다정하지 않았다. 오히려 서연은 그 애를 노려보고 있었다.

어쩌면 사이가 틀어진 게 그쯤부터였을지도 모른다. 그래서 분위기가 이상했던 것이다.

"곽도훈…."

남자애의 명찰에 있던 이름이 찍어 놓은 사진처럼 선명하게 떠올랐다.

"응? 누구?"

이나는 의아해했다. 나는 그 애의 학교와 이름을 다시 말해 주었다.

"설마 축구선수 곽도훈?"

이나가 급히 검색하더니 뉴스 기사 하나를 보여 줬다. 유소년 축구 대표 선수였던 곽도훈의 부상 소식이었다. 기사 사진에는 곽도훈이 열정적으로 공을 차는 경기 중의 모습이 있었다. 나는 눈을 가늘게 뜨고 자세히 살펴보았다. 표정과 느껴지는 이미지가 다르긴 했지만 분명히 그 남자애였다.

"맞아. 이 애야."

"얘 유명한 애야. 우리 학교에는 체육 영재를 뽑지 않지만 만약 뽑았다면 1등으로 입학했을걸. 아니 아예 학교에서 스카우트하지 않았을까."

"그래? 그런데 사진 속처럼 이렇게 밝은 모습은 아니었어. 달라. 난 오히려 거칠고 어두운 느낌만 받았거든."

"그렇겠지. 부상당한 뒤로 복귀 못 했거든."

어떤 의미인지 단번에 알았다. 촉망받는 운동선수의 추락. 한 가지만을 목표로 달려가던 사람이 더는 그것을 할 수 없을 때 오는 절망감. 내가 본 곽도훈의 모습은 오랫동안 깊은 절망을 겪은 뒤의 얼굴이었다. 지쳐 있었고 삐뚤어져 망가진.

"이 애를 만나 봐야겠다. 고양이들을 죽이는 걸 막아야 해."

이나가 주먹을 불끈 쥐고 말했다. 냐아가 동의하듯 나지막하게 냐옹 울었다.

나도 같은 생각이었다. 하지만 한편으로는 혼란스럽기도 했다.

"도대체 왜 고양이들을 죽이는 걸까? 궁금해."

"나쁜 놈이니까 그렇지. 살아 있는 생명을 죽이는 놈에게 어떤 이유도 용납될 수 없어."

"하지만… 그 애는 무척 화가 나 있었어. 분노감을 본인도 통제 못 할 정도로. 무슨 사정이 있을 거야."

이나가 나를 무서운 눈으로 쏘아봤다.

"너, 왜 그 애를 이해하려고 해? 화가 났다고 고양이들을 죽이는 건 정말 말도 안 돼."

더는 대화를 이어 갈 수가 없었다. 하지만 그 애가 느끼던 분노와 복수심을 나도 느꼈다. 그리고 공감했다. 당시에는 고양이들에게 화를 내는 게 당연하다고 느꼈을 정도였다.

이건 단순히 빙의하여 본 것이 다가 아니었다. 나는 정확한 사실을 알지 못하면서도 그 애를 감정적으로 이해하고 있었다. 편을 든다는 이나 말이 어느 정도는 맞았다.

무서운 가능성이 생각났다. 나와 그 애의 분노가 일치한다는 건 어쩌면 내 악의가 그 애에게 영향을 끼쳤을 수도 있다는 거? 인간을 꼭두각시처럼 조종하는 악귀가 되어 가는 과정이라면 어찌해야 할까? 사실은 단순한 빙의가 아니라 내가 그 애를 그렇게 만든 거라면?

4. 곽도훈

다음 날, 우진은 냐아를 위해 캣잎 화분을 구해 가지고 왔다. 고양이들이 좋아하는 식물이라며 한창 설명하고 있을 때, 현관 비밀번호 누르는 소리와 함께 이나의 할머니가 들어왔다.

"할머니, 연락도 없이 어쩐 일이야?"

이나가 놀라서 소리치듯 말했다. 할머니는 이나를 한번 보고 내쪽을 봤다.

"아직 그 귀신은 데리고 있는 거냐?"

호통치는 소리는 아니었지만 충분히 나를 떨게 만들 만한 말이었다. 내가 할머니에게는 들리지도 않을 변명을 하려는데, 할머니의 시선이 우진에게 향했다.

굳어 있던 할머니 얼굴이 단번에 부드러워졌다.

"아가, 넌 누구냐?"

다정한 목소리에 난 깜짝 놀랐다.

"아, 안녕하세요!"

할머니는 그윽한 눈빛으로 우진을 바라보았고 우진은 그 시선을 못 견디고 몸을 쭈뼛거렸다.

"이나 친구더냐?"

"예. 같은 반 친구예요."

우진이 재차 허리를 굽혀 인사를 했다. 할머니의 얼굴에 순간적으로 슬픈 빛이 담겼다. 애잔함과 안쓰러움을 모두 가진 복합적인 감정이었다. 인상을 쓰고 고래고래 소리 지르던 모습은 온데간데 없었다.

"어린 것이 고생이구나. 그 슬픔, 외로움 어찌 다 감싸 안고 견디고 있노."

할머니가 혀를 차자 우진이 움찔했다.

"과일 없나?"

할머니가 냉장고 문을 열고 이것저것 뒤졌다.

"우리 집에 언제부터 과일이 있었다고."

"외로운 사람끼리는 챙겨야 하는 법이다."

할머니는 먹을 걸 사 오겠다며 나갔다.

할머니가 나가자 그때까지 안절부절못하던 우진이 벌떡 일어섰다.

"나 이만 갈게."

우진이 도망치듯 문으로 달려갔다.

"왜 저래?"

나는 괜히 심통이 났다. 나를 적대하는 할머니마저 우진을 반기니 화가 좀 났다. 사실 이나도 우진만 오면 얼굴이 환해졌다. 내겐 의지할 사람이 이나뿐이어서 일까? 요즘 감정이 요동치는 일이 많았다. 화도 잘 나고 질투도 많아지고 우울한 기분이 들기도 했다.

"쟨 어머니 때문에 오는 거야."

내가 심통 낸 게 무색할 정도로 이나는 차분히 말했다. 그러고 보니 우진은 처음 우리에게 어머니 이야기를 꺼낸 뒤 다시는 말하지 않았다. 이나가 먼저 어머니를 만날 수 있는 제안을 해 주길 기다리고 있을지 몰랐다.

"그래서 아까 할머니가 외롭다 어쩐다 하신 건가?"

"응. 할머니는 보자마자 알아채신 거 같아."

이나가 한숨을 쉬며 말을 이었다.

"사실 나도 여러모로 생각하고 방법을 찾고 있었어. 할머니가 와서 도와주시길 바라고 있었고."

우진의 아픈 사연을 들었지만 그래도 얼마나 힘들고 외로울지는 생각해 보지 못했다. 완벽해 보이는 우진에게 그런 모습은 어울리

지 않았다. 갑자기 엄마 생각이 났다. 엄마도 내가, 많이 보고 싶겠
지? 엄마에게 단 한 번이라도 내 모습을 드러내고 싶었다.

"…그 일은 정말 잘됐으면 좋겠다."

"응. 우리 할머니가 전국을 떠돌며 하시는 일이 이런 거니까 방
법을 알아내실 수 있을 거야."

냐아가 나른한지 하품을 했다. 이렇게 보고 있노라면 진짜 고양
이와 다를 바 없었다. 이나 눈에 나도 그럴 것이다. 살아 움직이는
친구. 같은 반 친구. 그리고 단짝 친구.

"할머니 오시기 전에 우리도 나가자."

우린 곽도훈, 그 아이를 찾아가기로 했다. 아침 일찍 집을 나서
려다가 우진이 오는 바람에 어쩔 수 없이 집에 있었던 것뿐이었다.
우진에게 사실대로 모두 말할지 말지 고민하던 찰나에 할머니가
들어온 것이다.

"우리끼리 정말 괜찮을까?"

우진이 함께 가 준다면 든든할 터였다. 하지만 나는 우진을 믿을 수가 없었다. 서연에게 고백받은 일도 걸리고 그 뒤 서연을 따라 특강을 취소한 일 등 의심스러운 일 투성이였다. 이나도 우진을 동참시키지 말자는 의견은 일치했지만, 그 이유는 달랐다. 곽도훈이 우진을 본다면 역효과만 날 거라는 이유였다. 서연이 우진을 좋아하는 걸 아는 곽도훈이 우진을 보고 흥분할 것은 당연했다. 게다가 곽도훈은 원래 유명한 아이여서 그 애가 누군지 알아보는 정도로 위험해질 것 같진 않았다. 축구선수로 한창 활약할 시절에는 학교 앞에 팬들이 진을 치고 앉아 기다렸다는 이야기도 있었다.

일단 곽도훈의 학교로 가기로 했다. 우리 학교와 마찬가지로 겨울방학 특강이 있는지는 모르지만 우리는 아직 곽도훈의 집 주소를 몰랐기에 다른 방법이 없었다.

곽도훈네 학교는 한산했다. 몇몇 아이들이 운동장에서 축구를 하고 있었다. 축구부가 유명하다더니 방학 중에도 연습하는 듯했다.

"누구한테 물어보지?"

나는 혹시나 하는 마음에 운동장으로 들어가 아이들을 하나씩 둘러보았다. 역시나 곽도훈은 보이지 않았다.

한참 기다려도 좀처럼 기회가 나지 않았다. 그러다가 누군가 반

칙을 했고, 한 아이가 그 틈을 타서 물을 마시러 바깥쪽으로 나왔
다.

"저기…."

이나가 기회를 놓치지 않고 그 애에게 달려갔다. 그 남자애는 물
을 벌컥벌컥 마시더니 이나를 봤다.

"곽도훈 알지?"

"그 자식?"

남자애가 씨익 웃었다. 어떤 의미인지 파악되지 않는 웃음이었
다.

"걔 축구 그만둔 거 맞아?"

"응. 걔 끝났거든. 끽."

남자애가 목 자르는 시늉을 했다. 곽도훈에 대한 적대감이 가득
했다.

"그런데 아직도 걔 팬이 있나? 곽도훈 학교 안 나온 지 꽤 됐어.
너도 정신 차리고 공부나 해라. 아님 평범하게 아이돌이나 쫓아다
니거나."

"그런 거 아니거든. 어쨌든 걔 집이 어딘지 알아?"

남자애가 비웃었다. 아무래도 이나가 한때 많았다던 곽도훈의
팬이라고 여기는 것 같았다.

"팬이 집도 모르냐? 새로 지은 팰리스타운의 유일한 펜트하우스

가 걔네 집이잖아."

"아, 그래?"

"진짜 그렇게 보고 싶다면 한번 가 보든가. 가도 있을지 모르지만."

남자애는 그 말만 하고 돌아섰다. 다른 애가 와서 무슨 일이냐고 묻자 그 애가 말했다.

"하, 나약한 찐따 새끼 찾는 애가 아직도 있네."

"여기다."

이나가 말했다. 우리는 관심이 없어서 전혀 몰랐지만 새로 지은 팰리스타운이라는 곳은 꽤나 유명한 곳이었다. 동네에서 누구나 살고 싶어 하는 곳이랄까? 길 가던 아주머니에게 물었더니 금세 알려 주었다.

게다가 펜트하우스는 110동 가장 넓은 동에 한 채만 존재해서 찾는 건 식은 죽 먹기였다. 아니, 찾고 말고 할 것도 없었다.

우리는 1층 현관에서 인터폰을 누르고 기다렸다. 어쩔 셈인지 이나는 자신만 믿으라고 했다.

"누구세요?"

다행히 집에는 사람이 있었다.

"도훈이 친군데요. 도훈이 있어요?"

이나가 평소와 다른 나긋나긋한 목소리로 말했다.

"친구? 도훈 학생 친구라고? 잠시만."

인터폰을 받은 사람이 곽도훈의 엄마가 아닌 모양이었다. 하지만 문은 열리지 않았고 대신 다른 사람이 인터폰을 건네받았다.

"그런 애 없으니까 다신 찾아오지 마!"

날카로운 목소리의 여자가 버럭 소리를 지르더니 인터폰을 끊었다.

"뭐지?"

이나와 나는 얼굴을 마주보고 한동안 멍하니 서 있었다.

"내가 가 볼게."

나는 순식간에 40층으로 올라갔다. 그리고 안에서 누군가 나올 때까지 잠시 밖에 서 있었다.

집과 같은 개인적인 공간은 내 마음대로 들어갈 수가 없었다. 누군가 문을 열면 그 틈에 들어가거나 나에 대해 긍정적으로 받아들여 줘야 이동이 가능했다. 이나네 집과 우리 집은 이나와 우리 가족이 나를 받아들이고 있기에 마음대로 들어갈 수 있었던 것이다. 잘 모르는 사이인데다가 처음 와 보는 곽도훈의 집에 들어가는 게 쉬울 리 없었다.

다행히 조금 뒤 아주머니 한 분이 안에서 나왔다. 아주머니는 쓰레기봉투를 들고 있었다. 문이 열린 사이 나는 안으로 들어섰다.

집은 펜트하우스라는 명칭답게 으리으리했다. 드넓은 거실은 꼭 호텔 로비에 있는 듯한 반들반들한 대리석으로 바닥이 깔려 있었다.

거실 쇼파에는 도훈의 엄마로 추정되는 사람이 앉아 전화 통화를 하고 있었다.

"걱정? 보나마나 거기 갔을 거야. 거기 계속 비어 있잖아. 걔는 내가 모르는 줄 알지만 전에도 가끔 거기 가는 거 같더라고. 지 아빠가 얼마나 속상하면 나가라고 했겠어? 그런데 진짜 나가? 서운해서? 축구 잘한다고 떠받들어 줬더니 아주 지가 제일 잘난 줄 안다니깐. 내가 더 서운해. 걔한테 아주 실망해서 내 새끼 같지도 않아. 차라리 집 나간 게 다행이야."

얘기를 들어보니 도훈은 집을 나간 상태였다. 자기 자식 이야기를 꼭 남 이야기처럼 하는 도훈의 엄마를 보니 곽도훈이 조금은 안됐다는 생각도 들었다. 하지만 동정할 여유는 없었다. 곽도훈이 고양이를 해치고 있는 건 명백한 사실이니까.

"결국 아무 소득도 없었네. 어디 있는지 알아내질 못했으니."

집으로 돌아오는 길이 허무했다.

"또 기회가 있을 거야. 너의 새로운 능력이 큰 도움이 될 거야."

이나는 내 능력에 대해 긍정적으로 말했다. 내가 곽도훈과 함께 느꼈던 분노와 복수심에 대해 말하지 않았으니 당연한 일이었다. 이나는 단순히 내가 새로운 능력을 얻었다고만 알고 있었다. 상황을 보는 것으로 끝나는 게 아니라 깊이 공감한다는 것을 알면 어떻게 생각할까? 나와 같은 걱정을 하지는 않을까? 내내 생각했던 무서운 가능성, 즉 곽도훈을 내가 조종하고 더욱 악하게 만드는 건 아닐까 하는 생각에서 벗어날 수가 없었다. 말 그대로 악귀가 된 내가 무의식 중에 곽도훈에게 깃들어 이 일들을 벌인 거라면? 나도 나에 대해서 확실히 말할 수가 없었다.

집에는 이나의 할머니가 있었다. 나는 아파트 복도에서부터 그걸 느꼈다. 이제야 알게 된 사실인데, 이나와 할머니는 평범한 사람과는 느껴지는 기운이 조금 달랐다. 전에 내가 곁에 없을 때 이나에게 왜 그리 악귀들이 꼬였는지 알 것 같았다.

"나는 안 들어가는 게 좋겠다."

선뜻 들어가기가 힘들었다. 아까는 얼떨결에 만나게 되었지만 되도록 피하고 싶었다. 무당인 할머니가 껄끄러운 건 당연한 일이었다.

내 마음을 알기에 이나는 혼자 들어갔다. 하지만 곧 다시 나왔다.

"할머니가 너 데리고 들어오래."

"정말? 혹시 나를 아예 쫓아 버리려고…."

"아니야. 그런 것 같진 않아."

들어가 보니 할머니가 음식을 해서 상을 차리고 향을 피우고 있었다. 기척을 느낀 듯 내 쪽을 슬쩍 보더니 아무 말도 하지 않고 방으로 자리를 피해 주었다.

"이건….."

"네 기운이 약해졌다고 밥 먹이래. 난 네가 기운이 악한 쪽으로 세졌다고 생각했는데 할머니가 느끼기에는 아닌가 봐."

"밥이라고….."

죽은 뒤로 밥을 먹은 적이 없었다. 장례를 치렀을 때는 기억을 잃은 기간이었고 그 뒤로 누군가 날 위해 상을 차려 준 것이 처음이었다. 배고픔을 느끼지는 않았지만 막상 밥상을 보니 먹고 싶어졌다.

"잘 먹겠습니다."

나는 공깃밥에 꽂혀 있는 숟가락을 들었다. 진짜 숟가락은 그대로 그 자리에 꽂혀 있었지만 놀랍게도 내 손에 숟가락이 와서 들려 있었다. 내가 가지고 다니는 귀신 휴대폰처럼 귀신 숟가락을 뜬 것이다. 시험 삼아 숟가락에 묻은 밥풀을 뜯어 먹었다. 이건 귀신 밥이었다. 내가 진짜 먹을 수 있었다.

말없이 식사를 하기 시작하자 이나도 자리를 피해 주었다. 본래 배가 고프지 않기에 배가 부르다는 느낌도 없었다. 하지만 뭔가 알 수 없던 공허함이 채워지는 느낌이 들었다. 기분이 훨씬 나아졌다. 조금씩 조금씩 비어져 갔던 자리에 분노를 담아 왔던 건 아닐까 싶었다.

기분이 좋아지자 잠이 왔다. 냐아가 늘어지게 하품을 하더니 거실 카펫 위에 엎드렸다. 나도 이나네 집 거실 쇼파에 몸을 뉘었다.

5. 새 친구

할머니는 아침부터 우진을 불러오라고 했다. 돌아가신 어머니의 물건을 하나 가지고 오라는 말도 덧붙였다. 이나에게 우진에 대해 듣고 돕고 싶다는 뜻을 전한 것이다.

우진은 전화를 끊자마자 곧장 달려왔다. 평소와 달리 얼굴이 상기되어 있었다.

"감사합니다!"

"인사부터 하긴 성급해. 아직 될지 안 될지도 모르는데."

할머니는 퉁명스럽게 말했지만 우진을 보는 눈빛은 따뜻했다. 나는 따뜻했던 저녁밥을 떠올렸다. 사람은 겉모습과 첫인상만 보고 결정할 수 없다는 걸 깨달았다.

우진이 가져온 어머니의 물건은 화분이었다. 그 화분을 보니 우진이 왜 식물을 좋아하는지 어렴풋이 알 것 같았다.

"돌아가시기 직전까지 신경 쓰셨던 화분이에요. 오렌지 재스민인데 키우기 어렵지 않은 식물임에도 엄마가 아플 때부터 시들기 시작했거든요. 제가 그때부터 엄마의 화분들을 맡아서 관리했어요."

우진은 오렌지 재스민을 애틋하게 바라봤다. 마치 어머니를 보듯. 할머니는 화분을 가져가서 한참을 어루만지며 뭐라고 중얼거렸다.

조금 뒤 할머니는 우리를 내보냈다. 조금 더 집중할 시간이 필요하다고 했다.

우리는 '하나' 동물병원으로 갔다. 저번에 입원시킨 고양이를 퇴원시켜도 좋다는 연락이 온 것이다.

"어서 와."

수의사 선생님이 우리를 반갑게 맞이했다. 고양이는 건강해 보였다. 축 늘어져 있던 그날의 모습과 달리 네 발로 서서 야옹야옹 울고 있었다.

"얘가 그 고양이예요?"

"그래, 많이 회복했지?

우진과 이나는 고양이를 들여다보느라 정신없었다. 나는 조용히 다른 동물들을 둘러봤다.

"진짜 귀엽다."

이나가 아이처럼 말하며 웃었다. 나는 가만히 서서 보고만 있었다. 살아 있는 고양이는 어쩐지 두려웠다. 죽은 고양이보다 더.

"고양이들 잘 있는지 동네 순찰 한번 돌아 줄래? 나는 다른 환자가 올지도 몰라서 자리를 비우기가 힘들거든. 대신 너희가 데려오는 길고양이는 무료 진료인 거 알지?"

수의사 선생님 말에 우리는 밖으로 나왔다. 우진이 별말 없이 앞장섰다. 긴 다리로 저벅저벅 걷는 모습이 어쩐지 모르게 든든했다.

"어디로 갈지 알아?"

이나가 묻자 우진이 고개를 끄덕였다.

"고양이들이 많이 다니는 길을 수시로 알아 뒀어. 여기에도 표시했고."

우진이 휴대폰에 깔아 둔 지도 어플을 보여 주었다. 우리 동네 지도에 표시해 둔 점이 수십 개는 되었다.

"가끔 넌 참 이상하다니깐. 예상 못한 일을 하곤 해."

이나가 감탄한 눈빛으로 우진을 올려다봤다. 우진은 요란스럽거나 티가 나게 행동하지는 않지만 늘 조용히 할 일을 찾아 하고 있었다. 어떤 상황에서도 도움이 되는 일을 한다고 할까. 교실 안에서 보던 늘 무뚝뚝하고 냉정한 회장과는 사뭇 다른 느낌이었다. 우진이 서연의 편일 수도 있겠지만 적어도 고양이 사건에 대해서는 진심이 분명했다.

우리는 우진이 지도를 보고 안내하는 길을 따라 걸었다. 대낮이어서인지 고양이가 많이 보이진 않았다. 하지만 화단이나 길가에서 후다닥 사라지는 꼬리를 보곤 했다.

얼마나 걸었을까. 한 아파트 단지 화단에서 검은 물체를 보았다. 그건 축 늘어져 있는 고양이였다.

"주, 죽은 걸까?"

이나가 놀라 가장 먼저 달려갔다. 이어서 내가 빨랐다. 하지만 선뜻 가까이 가지 못하고 한 발짝 떨어져 지켜보았다. 이럴 수가. 늘어진 고양이 몸 위로 또 다른 고양이가, 아니 고양이의 영이 꿈틀대는 게 똑똑히 보였다. 영은 몸에서 빠져나오려는 것 같았다. 냐아를 보면서부터 이제 고양이 영혼 정도는 내게도 보이는 모양이었다.

"안 돼! 그러지 마!"

나도 모르게 몸을 날려 고양이의 영을 잡고 몸으로 밀었다.

"우리가 도와줄게. 아직 나오지 마."

이나도 말했다. 우리는 눈이 마주쳤다. 이나도 보고 있었다. 몸을 떠나려는 영을. 이나가 고양이 몸을 안고 뛰었다. 나는 이나의 곁에서 고양이의 영을 누르고 있었다. '하나' 동물병원은 이곳에서 10분은 더 가야 했다.

고양이는 무사했다. 수의사 선생님이 응급조치를 취하자 더는 영이 빠져나오려 하지 않았다.

"휴."

나는 그제야 손을 뗐다. 수의사 선생님이 이나를 데리고 안으로 들어가 상황에 대해 설명하는 사이 나는 마지막으로 고양이와 영혼을 함께 쓰다듬어 주었다. 완전히 분리되지 않아서 다행이었다. 고양이 털이 붕 떠 있는 것처럼 느껴졌다.

아마 진짜 고양이가 아니라 이제 막 제자리를 찾은 영의 털이 느껴지는 것 같았다.

"어?"

갑자기 우진이 내 쪽을 손가락으로 가리켰다. 무슨 일인가 싶었지만 신경 쓸 여유가 없었다. 고양이가 죽지 않게 하려는 마음에 너무 기운을 많이 쓴 것 같았다. 속이 울렁거리고 토할 것같이 답답해서 도망치듯 밖으로 뛰쳐나왔다.

"김슬아…?"

그때 나를 부르며 따라 나온 것은 놀랍게도 우진이었다.

"이우진… 너, 내가 보여?"

"보여. 세상에. 진짜 김슬아잖아?"

우진이 눈을 비비고 다시 나를 봤다.

"어, 어떻게?"

71

"내가 어떻게 알겠어. 눈앞에 갑자기 네가 나타났어. 고양이를 쓰다듬고 있는 네 모습이."

어찌된 일인지 알 수가 없었다. 뒤따라 나온 이나도 우진의 반응을 보고 놀라고 있었다.

"갑자기 어떻게 된 거지? 너 뭐 다른 거 한 거 없어?"

나는 고개를 내저었다.

이나는 한참 생각하더니 한 가지 가능성을 찾아냈다. 고양이를 쓰다듬고 있었다는 점에서 고양이와 연관성을 떠올린 것이다.

"고양이는 요물이라잖아. 어쩌면 고양이 때문에 우진에게 보이게 되지도 몰라."

"정말? 하지만 냐아랑 계속 같이 있었는데 여태 괜찮았잖아."

"왜 옛날이야기에도 호랑이눈썹을 대고 사람들의 다른 모습을 보는 이야기가 나오잖아. 혹시 고양이 털 때문 아닐까? 고양이의 몸과 영을 동시에 쓰다듬어서?"

이나는 진지하게 추리했지만 나는 사실 그 이유가 무엇이든 상관없이 좋았다. 이나 말고 또 다른 사람, 그것도 우진이 나를 본다니 믿기지 않았다.

이나네 집으로 돌아오는 길이 짧게 느껴질 정도로 내 기분이 둥둥 떴다. 우진과 한 번씩 눈을 마주치면 서로 피하기 바빴지만 그래도 신기했다.

여기서 기다려.

집 앞에서 이나는 할머니의 동태를 살핀다며 우리에게 밖에서 기다리라고 했다. 할머니는 의식을 하거나 생각에 잠겨 있을지 몰랐다.

"김슬아, 반갑다."

이나가 들어가고 둘이 남자, 우진이 뜬금없이 말했다.

"가, 갑자기 그게 무슨 소리야? 계속 같이 있었는데."

"그냥."

우진이 짧게 말했다. 도통 속을 알 수 없는 애였다.

"…어차피 살아 있을 때도 넌 날 잘 몰랐잖아."

"아냐. 수학 영재였잖아, 너."

비록 나에 대해 안다는 게 공부에 관한 것이었지만 그래도 기뻤다. 우진이 내 얼굴과 이름을 안다는 것도 신기했다.

"그리고 입학 전 면접 때부터 널 봤어."

"정말?"

나는 기억 안 났다. 면접 볼 때라면 일 년도 훨씬 지난 일이었다. 그때 우진이 같은 시간 대에 배정됐던 모양이었다. 너무 떨려서 선생님 질문에 뭐라고 답했는지도 기억이 안 났다. 우진이 나를 인상 깊게 봐 주었다는 것만으로도 가슴이 두근거렸다. 이제는 뛰지 않는 심장이 갑자기 되살아난 기분이었다.

"나도 그때는 지금하고 달랐거든."

우진이 변한 계기가 어머니의 죽음을 뜻한다는 것을 잘 알았다. 어린 나이에 그런 일을 겪었으니 얼마나 힘들까?

"힘들었겠다."

우진의 굳은 얼굴이 놀란 표정으로 바뀌었다. 내가 말하고도 깜짝 놀랐다. 우진을 위로하고 싶었다. 다른 사람을 안 볼 정도로 힘들었다고 말하고 있는 것만 같아서. 홀로 견뎌 냈을 일 년이 애처로워서.

잠시 어색한 침묵이 흘렀다.

"아하하, 생각해 보니 내가 할 소리는 아니다 그치?"

나는 어색하게 웃으며 복도 창문으로 밖을 바라봤다. 민망했다. 다행히 그때 문이 벌컥 열렸다.

"들어와."

이나가 심각한 얼굴로 우리를 불러들였다.

6. 야구모자

할머니는 눈을 감고 무언가를 중얼거리며 셈하듯 손가락을 움직였다. 그러더니 한숨을 쉬었다.

"어머님은 이미 떠나신 것 같다. 그곳에 가신 분을 불러 모시는 건 큰일이 될 게야."

할머니 말에 우진이 벌떡 일어섰다.

"그럴 리가 없어요. 그냥 갔을 리가 없다고요. 슬아처럼 여기 남아서…."

우진이 내 쪽을 보더니 더 말을 하지 않았다. 엄마가 미련 없이 떠난 것 같아서 서운한 걸까? 오히려 다행이라고 안도해야 할 일 아닌가?

"슬아가 보이는 게로군."

"맞아. 쟤가 슬아를 봐. 할머니, 내 생각에는 고양이 털 때문이 아닐까 하는데, 그럴 수도 있어?"

이나가 묻자 할머니는 생각에 잠겼다.

"산 영혼과 죽은 영혼이 만나는 경계의 털이라면 가능할 수도 있겠지. 네 엄마에 대해서는 내가 더 노력해 보마. 어디선가 뭔가 듣게 될 수도 있으니까."

할머니가 우진을 돌아보며 토닥였다. 우진의 시무룩한 모습에 내 마음도 좋지 않았다. 할머니가 방으로 들어가자, 이나가 우진에게 슬쩍 말했다.

"나도 방법 찾아볼게. 할머니 방식이 답이 아닐 수도 있어. 그리고… 엄마가 가셨다면 널 많이 믿으셔서일 거야. 슬아를 봐. 여기 남아 있으면 악귀가 되거나 소멸될 수도 있어. 그것보다는 훨씬 나은 거 아닐까?"

이나가 우진을 위로하면서 내게 미안한 듯 눈짓을 했다. 나는 괜찮다고 고개를 끄덕였다. 내가 악귀가 되려고 하는 건 사실이었으니까.

"그래. 어떻게든 엄마와 연락될 방법이 있을 거야. 이나가 귀신도 잘 보고 능력 뛰어난 거 알지? 내가 어디 있는지도 귀신처럼 안다니깐. 누가 귀신인지 모를 정도로."

나는 농담을 했다. 그렇게 해서라도 우진 기분을 풀어 주고 싶었다.

"고마워."

우진이 우리를 한 번씩 보며 말했다. 늘 가까이 있었지만 나를 안 보던 우진이 나와 눈을 마주치고 이야기도 하니 참 좋았다. 진작 이렇게 지냈더라면 훨씬 더 좋았을 것이다. 좀 더 사람처럼, 또래 아이들처럼 놀면서 웃으며 그 시간에 맞는 하루하루를 보냈어야 했다.

우리는 우진을 배웅하러 밖으로 나왔다.

아파트 단지 입구로 막 나서는데 한 무리의 아이들이 우르르 몰려왔다. 열 살이 안 되어 보이는 어린애들이었다.

"형이랑 누나가 고양이 구조대야?"

뜬금없는 말에 영문을 몰라 하는데 아이들이 다시 말했다.

"하나 동물병원 선생님이 형이랑 누나가 고양이 구조대라고 했어. 아까 누나가 고양이 안고 뛰어가는 것도 봤거든."

"아. 그건 그렇긴 하지. 그런데 왜 우리를 찾니?"

이나가 진지하게 아이들을 받아 주었다.

"우리가 용의자를 목격해서 제보하려고."

통통한 남자아이가 마치 탐정 같은 말투로 말했다. 이제 보니 다른 아이들 표정도 비장해 보였다.

"용의자?"

"야구모자를 눌러쓴 형이 고양이한테 밥을 주고 있었어."

"밥…."

나는 문득 든 생각에 서둘러 이나에게 말했다.

"곽도훈이 고양이들에게 준 건 분명 통조림이었어. 통조림이냐고 물어봐."

"혹시 통조림이었니?"

이나가 내 말을 그대로 전달했다. 남자아이가 대답했다.

"응. 참치 캔처럼 생긴 통조림이었어."

곽도훈이 맞았다. 야구모자를 쓰고 고양이들에게 밥을 주며 돌아다니는 것 같았다.

우리는 이제 우진에게 모든 걸 말할 수밖에 없었다. 나는 직접 내가 곽도훈의 눈으로 보았던 모습에 대해 설명했다. 그래서 서연이 우진에게 고백했다는 걸 알고 있다는 이야기까지 할 수밖에 없었다. 딱히 그것 때문인 것 같진 않았지만, 늘 차분하기만 하던 우진은 크게 화를 냈다.

"무슨 짓이야! 불쌍한 고양이들한테."

우진은 당장 서연에게 전화를 걸었다. 신호음이 울리자 이나가 재빨리 우진의 휴대폰을 빼앗아 껐다.

"한서연 어학연수 갔다고 하지 않았어?"

"아니. 안 갔어."

우진의 말에 우리는 움찔했다. 우리 표정을 눈치챘는지 우진이 손을 내저었다.

"지금 무슨 생각을 하는 거야? 학원에 방학특강 신청하러 온 걸 봤을 뿐이야."

나도 우진을 믿고 싶었다. 우진과 개인적으로 나누었던 대화가 진심으로 느껴졌기 때문이다. 하지만 나는 고개를 저었다. 우진을 좋아하는 내 마음이 정확한 판단을 흔들리게 하고 있는지도 모르니까.

어쨌든 서연이 안 갔다는 게 확실해 보였다. 왜 단기 어학연수를 간다고 거짓말을 하고 학교에 안 나온 걸까? 우리가, 아니 이나가 두려웠던 걸까? 서연이 아직 가까이 있다고 생각하니 애써 평온을 찾았던 내 마음이 일렁거렸다.

"어쨌거나 걔한테 걸지 마. 전화 걸어서 뭘 어쩌려고?"

"그 자식에 대해 물어봐야지."

"알려 주기는커녕 곽도훈이 누군지도 모르는 척할걸? 한서연이 어떤 앤지 잊었어? 자기 평판 아주 중요하게 생각하고 관리하는 애라고."

이나가 서연을 잘 파악하고 있었다. 내 생각에도 서연은 일단 발

뺌부터 할 것이다. 그리고 오히려 역효과가 날 수도 있었다. 우리가 곽도훈을 찾는다는 걸 알면 도망쳐서 숨으라고 언질을 줄지도 몰랐다.

"내 생각도 마찬가지야. 그런데… 우진이 네가 이미 전화를 걸었던 건 어차피 되돌릴 수 없잖아. 부재중 번호가 찍혔을 테니까 아마 한서연이 다시 전화를 걸 거 같아. 그때 만나자고 해. 둘만 만나서 적당히 다른 이야기를 하다가 은근슬쩍 떠봐서 알아내면 어때? 걔는 아무래도… 널 좋아하니까…."

나는 조심스레 내 의견을 말했다. 우진이 나를 한참 보더니 고개를 끄덕였다.

"슬아, 머리 좋은데?"

별뜻 없이 했을 우진의 칭찬에 얼굴이 달아올랐다. 물론 실제로 뜨거워진 건 아니었다. 내 몸은 늘 얼음장 같았다.

우리는 서연에게 올 전화를 기다리며 다시 아이들에게 갔다. 놀이터에서 놀던 아이들은 야구모자를 목격한 정확한 장소들로 우리를 인도했다. 아이들은 자신이 도움을 줄 수 있어서 신나 보였다. 결과적으로 우진이 파악했던 동선과 일부 겹쳐진 곳이 있긴 했지만 시간 차 때문에 곽도훈과 마주치지 않았던 것 같았다.

"그런데 고양이 캔은 왜 안 보이지?"

"야구모자 형 가고 나서 우리가 얼른 치웠어."

이나의 말에 아이들이 자랑스럽게 말했다.

"어디다 버린 거야? 내용물을 우리가 좀 볼 수 있을까?"

"아무 데나 버리면 고양이들이 또 먹을 거 같아서 도로 하수구 안에 버렸어."

"하수구?"

서둘러 아이들이 캔을 버렸다는 곳으로 가 보았다. 철망을 들기 위해 가까이 가기만 했을 뿐인데 악취가 심하게 났다.

"윽, 이건 안 되겠다."

이나가 코를 움켜쥐었다. 귀신인 나조차도 인상이 써질 정도였다. 캔 안에 넣은 풀덩이의 정체를 파악해 보려 했지만, 이 정도 악취에 섞여 버린 이상 구분해 내기 힘들 것 같았다. 우리는 하릴없이 아이들에게 다시 부탁하는 수밖에 없었다.

"만약 또 야구모자를 보거나 캔을 발견하면 즉각 나에게 갖다 줘. 우리 집이 어디냐면…."

이나는 아이들에게 일일이 주소를 적어 주었다. 그때 우진의 휴대폰이 울렸다.

"한서연이다."

우리 셋은 서로를 마주보았다. 우진이 침을 꼴깍 삼키더니 결심한 듯 전화를 받았다.

7. 데이트

알아서 한다던 우진은 서연을 서점 인문학 코너로 불러냈다. 이나와 나는 동시에 어깨를 으쓱했다.

난 우진 곁에 따라붙기로 했다. 이나는 우진과 조금 떨어진 역사학 코너에 몸을 숨겼다.

"왔니?"

서연이 먼저 와서 기다리고 있었다.

우진을 보며 환하게 웃는 서연을 보자 또 가슴이 울렁거렸다. 속 깊이 담아 두었던 화가 치밀어 올라 혈관을 타고 온몸으로 퍼지는 기분이 들었다.

이나가 친 결계가 아니었다면 서연에게 또 달려들려고 했을지도 몰랐다.

"기다렸어?"

우진이 무심한 듯 툭 말을 던졌다. 서연의 얼굴이 순식간에 다시 환해졌다.

"아냐. 내가 좀 보고 싶은 책이 있어서 일찍 온 거야. 이 책 재미 있을 것 같지 않니?"

서연이 책 한 권을 내밀었다. 표지에 원숭이 얼굴이 그려져 있었 다. 마치 인간처럼 보이는.

"동물학 책이야?"

"원숭이와 인간을 비교한 책이야. 원숭이들의 사회에서도 인간 의 사회와 비슷한 행동양상이 나타나는데, 신기한 건 원숭이에게 이타심 세포가 존재한대. 원숭이도 다른 개체를 배려하고 베풀 수 있다는 거고 그게 인간과 비슷하다는 거야."

"재미있네. 그런데 난 그다지 이타적이지 않은 인간을 많이 봐서 인간에 비교하는 건 잘못되었다고 봐."

"그래?"

서연이 조금 당황했다. 우진은 꿋꿋하게 자기 의견을 이어갔다.

"인간이 영리한 만큼 변수도 많지. 이기적이고 잔인하게. 인간은 같은 인간을 서슴없이 살해할 수 있는 존재잖아."

우진은 너무 나아가고 있었다.

"야, 지금 무슨 말을 하는 거야? 토론을 하는 게 아니잖아."

내가 끼어들어 지적했지만 우진은 끄떡도 않고 말을 이었다.

"하지만 인간은 반성하고 같은 실수를 반복하지 않는 동물이기도 하지."

"마, 맞아."

서연이 마지못해 동의했다. 우진은 갑자기 씩 웃었다. 순간 가슴이 철렁했다. 귀신인 내가 봐도 멋진 웃음이었으니까.

"이 책 사 줄까? 내가 선물할게."

"어? 어… 고마워."

서연의 얼굴이 빨개졌다.

"우리, 서점 앞 카페로 갈래? 거기 조각 케이크 맛있대."

"응. 나 조각 케이크 엄청 좋아해."

서연이 기쁘게 말했다. 둘은 다정하게 카페로 갔다. 여태까지 봐왔던 무뚝뚝한 우진의 모습은 온데간데없었다. 두 아이가 카페에 들어서 자리를 찾는 사이에 나는 재빨리 이나에게 갔다.

"이우진 좀 수상하지 않아? 설마 진짜 한서연을 좋아하는 건 아니겠지?"

"너는 왜 그렇게 이우진을 의심하는데?"

나도 내가 왜 우진을 완벽히 믿지 못하는지 모르겠다. 하지만 뭔가 계속 찜찜했다. 놓치고 있는 게 있었다. 내 무의식 속에 있지만 도저히 꺼낼 수가 없어서 답답했다.

"일단 지금은 우진이를 믿어야지. 한서연에게서 곽도훈에 대한 단서를 얻어 낼 만한 사람은 우진이밖에 없어."

나는 이나가 우진을 다정한 억양으로 부르는 것도 못마땅했지만 어쩔 수 없었다.

우진에게 돌아가 보니 주문한 음료수와 케이크를 들고 서연이 앉은 자리로 가고 있었다.

"곽도훈이 갈 만한 곳을 알아내야 해. 알지?"

나는 재차 다짐했다. 우진은 내가 없는 척 자연스럽게 서연에게 돌아갔다. 연기라는 걸 아는데도 기분이 좋지는 않았다.

"우아, 맛있겠다. 장식도 엄청 귀여워."

서연이 우진이 들고 온 딸기케이크를 보며 소리를 질렀다.

"그냥 평범하구먼. 웬 호들갑?"

나는 중얼거렸다. 우진 얼굴에 잠깐, 아주 잠깐 웃음이 스쳐 지나갔다. 그러나 곧 서연에게 다시 집중했다.

"그날도 말했지만, 네가 먼저 말해 줘서 고마웠어."

우진의 말에 내 몸 속 뭔가가 쿵 내려앉는 것 같았다. 정말 우진은 서연의 고백이 고마웠던 걸까?

"응. 하지만 그날 네가 그랬잖아. 지금은 여자친구를 만들 생각이 없다고…."

그랬구나. 우진은 그날 그런 식으로 거절한 거였다.

87

"그건… 생각해 본다는 뜻이었지. 너무 갑작스러웠거든. 넌 당연히 이미 남자친구가 있을 줄 알았고. 감히 내가 너와 잘될 거라고 생각해 본 적이 없었어."

우진이 거침없이 말했다. 저렇게 닭살 돋는 말을 잘할 줄은 상상도 못 했다.

"아냐. 난 오래 전부터 너를….”

서연이 수줍은 듯 고개를 숙였다. 화가 났다. 내 사건이 없었던 것처럼 평범한 소녀의 일상을 살고 있는 서연이 괴물처럼 느껴졌다.

우진은 나를 다시 봤다. 나와 눈이 마주치자 또 서연에게 고개를 돌렸다.

"게다가 서연이 넌 나같이 재미없는 타입보다는 활발한 남자애를 좋아할 거라고 생각했거든. 인간은 극과 극의 타입에 끌리기도 하니까. 예를 들어, 운동하는 애라든가….”

"그렇게 보였어? 아닌데."

서연이 살포시 웃었다.

"와, 저 가식."

나도 모르게 또 말이 튀어나왔다. 우진을 방해할 수 있으니 되도록 조용히 있으라는 이나의 충고가 뒤늦게 떠올랐다. 다행히 우진은 아직까지 잘하고 있었다.

"그래? 나 요즘 취미로 축구를 시작했거든. 보는 거 좋아해? 이 근처 학교에도 축구팀 유명한 학교 있잖아. 그 이름이 뭐더라…."

"아, 축구는 나 전혀 몰라서…. 그래도 너 하는 거는 보러 가고 싶다."

여우 같은 계집애. 천연덕스럽게 모르는 시늉이라니. 그때였다. 서연이 창밖을 보다가 눈을 크게 뜨더니 서둘러 자기 가방을 챙겨 들었다.

"아, 미안. 학원 시간이 다 되어서 이제 가 봐야 해. 사실 벌써 수업 하나는 놓쳤거든."

"그래? 케이크나 좀 더 먹고 가지?"

우진이 따라 일어섰지만, 서연은 뛰어가야겠다며 홀로 카페를 나섰다.

갑작스럽게 학원이라니. 한서연다웠다. 서연을 쫓아가려는 순간, 이상한 기분이 들었다.

검은 구렁이가 내 몸을 휘감고 넘실대는 듯한 기분 나쁨.

어디선가 악귀의 기운이 느껴지는 듯했다. 저번에 서연이 우진에게 고백했을 때 창고 뒤쪽에서 느껴졌던 그런….

"설마 곽도훈?"

순간 머리가 띵해지면서 눈앞이 새하얘졌다.

수업도 빠지고 어디를 가나
따라와 봤더니

규칙적인 몸의 반동.
곽도훈이 걷고 있었다.

이제 아주 작정하고
만나는구나, 한서연.

서점 앞 카페.

곽도훈이 이렇게 코앞에
있었다니.

어서 이나에게
알려야 해!

90

그런데 몸이 움직이질 않아.

나…

또 곽도훈에게 갇혔나 봐.

퍽!

어휴, 씨발.

뒤적

뒤적

다 죽어, 죽으라고!

휙!

그만해, 제발!

드디어 왔구나.

안 돼!

감히 그냥 가?

너까지 날 무시해?

"휴우…."

난 숨을 몰아쉬며 깨어났다. 다행히 카페 앞에 그대로 서 있었다.

"괜찮아?"

서연이 나가는 걸 보고 카페로 오던 이나가 물었다.

"곽도훈을 봤어. 따라가야 해."

이나와 나는 내가 본 길을 따라 달려가 봤지만 곽도훈이 아직도 거기 있을 리 없었다. 독을 섞은 고양이 캔도 챙겨서 도로 가져간 것 같았다.

하지만 곽도훈이 분명히 여기를 왔고 서연을 따라서 왔다는 사실은 명백했다.

"한서연 주위를 맴돌고 있나 봐. 마치 스토커처럼."

"맞아. 그게 아니라면 여기를 알고 올 방법이 없어."

그래도 소득이 있었다. 곽도훈이 서연을 따라 움직인다는 것과 그와 관련하여 동선을 일정 부분 파악하게 된 것이다.

다시 동네로 돌아오자 기다렸다는 듯이 놀이터에서 아이들이 우르르 몰려왔다.

역시나 아이들은 고양이 캔을 들고 있었다.

"저기 구석에서 이걸 발견했어!"

곽도훈이 들고 있던 고양이 캔과 같은 종류였다.

"여기 안에 이상한 것도 섞여 있었어."

우진이 곧바로 캔을 코에 댔다.

"캔 내용물이 워낙 냄새가 강해서 풀 냄새는 안 나는데, 하지만 정말 풀이라면 독초 같은 게 분명해. 내가 가져가서 한번 알아볼게."

우진이 캔을 챙겼다. 다시 든든하고 믿음직한 회장으로 돌아가 있었다.

8. 협죽도

학명	Nerium oleander L.
생물학적 분류	문 : 피자식물문(Angiospermae)
	강 : 쌍자엽식물강(Dicotyledoneae)
	목 : 용담목(Gentianales)
	과 : 협죽도과(Apocynaceae)
	속 : 협죽도속(Nerium)
개화기	7월~8월
꽃색	붉은색, 백색
형태	상록 활엽 관목
크기	높이 약 3m

　다음 날 아침 일찍 우진은 인터넷에서 검색해서 나온 정보를 프린트해서 가져왔다.

　"이게 뭐야? 이것만 봐서는 잘 모르겠는데?"

"아, 우리가 흔히 길에서 볼 수도 있는 식물이라는 걸 알려 주고 싶었어. 뿌리에 독성이 있는 식물도 있지만 이건 풀을 짓이긴 것 같아서 협죽도가 의심돼. 관상용으로 구하기도 쉽고 독성이 세거든. 약재로도 쓰이지만 장기간 이걸 복용하면 죽거나 마비가 오거나 할 정도로 강해."

"아니, 그런 걸 곽도훈은 어떻게 알고 사용한 거야?"

우진의 말을 듣고 이나가 발끈했다.

"검색하다가 알게 된 건데 최근 인터넷 기사로 올라온 사건 중에 협죽도를 이용한 살인 사건이 있었어. 아주 미량을 조금씩 장기 복용시켜 점점 기운을 잃게 만들고 결국 죽게 만들었대. 곽도훈은 그 기사를 봤을 거야."

"한서연과 헤어지고 축구를 못 하게 된 스트레스를 고양이한테서 풀고 있는 거야? 미친 자식!"

이나가 주먹을 꽉 쥐었다. 하지만 나는 아무래도 이상했다. 단순히 곽도훈이 스트레스를 풀고 있다고 여겨지지가 않았다. 왜지? 곽도훈은 고양이를 죽일 생각이 없어 보였다.

내가 곽도훈에게 들어갔던 당시를 찬찬히 떠올려봤다. 곽도훈은 독의 용량을 테스트하고 있는 것처럼 보였다.

"맞아, 실험이라고 했어."

"뭐?"

"이걸 실험이라고 했다고. 스트레스 해소를 하고 있는 게 아니야."

"그럼 도대체 무슨 실험을 하고 있는 거지? 무엇을 위해?"

우리가 알아내야 하는 게 그거였다. 곽도훈의 실질적인 목표. 목적. 그가 얻고자 하는 이득. 지금 이 순간에도 곽도훈은 움직이고 있을 것이다. 진짜 목표를 위해.

협죽도를 사 간 사람이 있나 알아보기 위해서 지하철역을 중심으로 반경 700미터 이내에 있는 동네 꽃집들을 검색했다. 지도를 뽑아 고양이 사건이 일어난 장소를 겹쳐 표시하니 범위가 얼추 맞아떨어졌다.

우리가 정한 범위 안에 있는 꽃집은 모두 일곱 개. 많다면 많고 적다면 적은 수여서 일단 이 범위의 꽃집들을 모두 조사하기로 했다.

곽도훈이 협죽도를 산 곳이 있다면 서연의 집과 동선을 따져서 주거지를 파악할 수 있을 터였다.

하지만 우리 생각처럼 그렇게 일이 쉽게 풀리지는 않았다. 우리가 방문한 꽃집들에서 번번이 협죽도를 판매하지 않는다는 대답이 돌아왔기 때문이었다.

"꽃집에서 산 게 아니라면 아무것도 알아낼 수 없을 것 같아."

처음부터 확실한 기대를 가지고 시작한 조사는 아니었지만, 아쉽긴 했다. 뭐라도 알아낼 수 있다면 좋겠다고 생각했던 것이다.

집에 들어서니 마침 냐아가 늘어지게 하품을 하고 있었다. 고양이들은 무슨 생각을 하면서 지내는 걸까? 아무리 이제는 자기 집이지만 긴장감 없이 저리 하품을 하고 잠들기까지 하다니. 억울하게 죽어 떠도는 영혼이라는 본분도 망각한 듯했다.

가만히 냐아를 지켜보았다. 몸을 위아래로 오르내리며 새근새근자는 모습이 영락없는 살아 있는 고양이였다.

혹시.

문득 냐아도 처음 죽었을 때의 나처럼 죽기 직전의 기억이 없는지도 모른다는 생각이 들었다. 그래서 저리 태평하게 있는 것이다. 분명히 쉬이 가지 못한 이유가 있을 테고 그 이유를 알아야 다음 세상으로 갈 기회를 얻을 수 있을 텐데.

"혹시 냐아 말이야…."

이나에게 막 물으려는데 눈앞이 뿌옇게 변하기 시작했다. 이나는 현관문을 열고 아침 일찍 나가느라 미처 꺼내지 못한 녹즙 종이 팩 하나를 문 밖 주머니에서 꺼내고 있었다.

"냐아가 왜? …슬아야!"

이나가 돌아보며 말하는 순간 다시 암전.

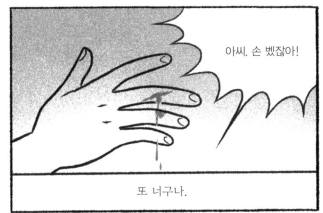

여긴 어디지?

빈집?

다행히 안 터졌네!

나비야, 이리 나와.

윽! 냄새!

내가 손까지 베어 가며
준비한 걸 안 먹겠다는 거야?

나비?
고양이?

씨, 어디 있는 거야?

빈집에 무작정 들어와 살고 있는 거야, 곽도훈?

찾았다!
마지막 실험 준비물.

마지막이라고?

"슬아야, 정신 좀 차려 봐."

눈앞에 이나가 있었다.

"또 봤어?"

"응. 어디 있는지도 봤어."

"떠올릴 수 있어? 천천히 설명해 봐."

나는 본 것을 하나씩 설명했다. 이나가 스케치북을 가져와 그림을 그리기 시작했다. 놀라운 솜씨였다. 내가 말하는 것들이 하나씩 종이 위에 그대로 재현되었다. 기억력이 좋은 내 설명이 기반이 되었겠지만 봤을 때 느낀 감정과 생각마저 재현되는 것 같았다. 공감 능력이 뛰어난 이나만이 할 수 있는 일이었다.

"풍경에서 또 인상적인 건 없었어? 예를 들어 새가 날아가고 있었다던가."

"아니. 아무것도 없었던 것 같아."

전에도 기억력이 좋았지만 죽은 뒤로 더 예민해졌다고 할까. 육체라는 거추장스러운 물질이 사라져서 정신적인 것에 온전히 집중할 수 있는 것 같기도 했다.

나는 눈을 감고 다시 그 장면을 떠올려 보았다. 사진을 찍어 두듯 기억해 놓지만 그게 어디 있는지 찾으려면 시간이 좀 걸렸다.

동영상을 보다가 일시정지 버튼을 누르듯이 내가 훑어본 장면을 몇 번이고 재생하며 떠올렸다.

"풍경 말고 특이한 게 있었어."

"뭐?"

"거실 창 왼쪽 벽에 낙서가 있었어."

"낙서?"

"음, 낙서이긴 한데, 아이가 장난삼아 그린 게 아니라….'"

눈을 감았다.

"조금씩 간격을 두고 그어진 평행선, 불규칙적인 높이의 선….'"

이나는 내 설명을 그대로 그려냈다. 그림이 다 완성된 뒤 우리는 물끄러미 그림을 바라보았다.

"지는 해의 빛이 오른쪽에서 들어왔다는 건 거실창이 남향으로 나 있다는 거야. 그렇다면 이 집에서 보이는 남쪽 풍경이 이 산이라는 거고."

내 설명을 듣고 이나도 고개를 끄덕였다. 그리고 낙서를 가리켰다.

"이거 보자마자 뭔지 감이 왔어. 너도 딱 떠오르지 않아?"

"글쎄….'"

어디선가 본 듯한 익숙한 선들이었지만 확실한 게 떠오르지는 않았다. 이나가 손바닥을 펴서 자기 머리 위에 올려놓으며 말했다.

"어릴 때부터 할머니가 벽에 나를 세워 두고 내 키를 이렇게 표시 했어. 날짜를 꼭 적어서. 아마 여기도 날짜가 적혀 있었을 거야. 내 예감에는 그걸 기억해야 여기가 어딘지 알아낼 수 있을 것 같아."

9. 목표물

　이나가 그린 그림은 휴대폰으로 찍어 우진에게 전송됐다. 시간이 급했다. 마지막 실험을 위해 캔을 찾던 곽도훈이 불안하게 느껴졌다.

　우진은 당장 전화를 걸어 왔다.

　"높이로 봐서는 못해도 5층 정도는 되는 거 같은데, 이 근처에 창으로 산봉우리가 두 개나 보이는 아파트는 없어."

　우진 말이 맞았다. 아파트 단지가 빼곡한 이 신도시에 이런 확 트인 풍경을 가진 곳은 없었다. 기껏해야 창밖으로 다른 아파트가 보일 뿐이었다.

　"여기 거기 아니야? 우리가 고양이 묻으러 갔던 낮은 산 뒤에 있던 높은 산."

이나는 이사 온 지 얼마 되지 않아 이 동네 지리를 몰랐지만 용케 기억해 냈다.

"그 산이 보이는 것과는 달리 꽤 거리가 있어. 그리고 그 주위에는 아파트 같은 건 없을걸."

미궁에 빠진 기분이었다. 나는 이나가 중요한 단서가 될 거라고 예언한 날짜를 기억해 내기 위해 다시 눈을 감았다. 키를 적은 날짜.

눈을 감자 그때 본 광경이 다시 떠올랐다. 연필로 그은 선들. 분명히 키를 잰 듯한. 그리고 그 옆에 작게 적혀 있는 숫자들. 아니 날짜.

잘 안 보였다. 작아서. 나는 더 집중했다. 사진을 확대하듯 더 가까이 다가가 보았다.

멈춰진 시간 속 그 장면 안에서 숫자를 읽어 냈다. 조금 뒤 가장 위에 적힌 숫자가 선명하게 보였다.

2010년. 7월 1일.

대충 봤을 때 어린 꼬마의 키 정도 되는 높이가 마지막이었다. 이나의 예감이 맞았다. 날짜를 보자마자 단번에 그곳이 어디인지 확신이 들었다.

십여 년 전의 그날, 곽도훈은 딱 그 정도 키의 꼬마였을 것이다.

곽도훈의 엄마가 통화할 때 말했던, 비어 있다는 곳이 그곳인 듯했다.

"십 년 전에 곽도훈이 살았던 집인 거 같아!"

나는 눈을 뜨고 외쳤다.

우리는 역할을 나누었다. 나는 전에 살던 곳에 대해 알기 위해 도훈의 집으로 가 보고, 우진은 예상되는 장소가 있다며 가 본다고 했다.

온종일 꽃집을 다니느라 지쳤던 이나는 집에서 우리의 연락을 기다리기로 했다.

곽도훈의 집에 거의 다다랐을 때, 느닷없이 하늘이 핑 도는 느낌이 들었다. 빈혈이 오듯이. 또 시작되고 있었다.

처음에 비해 간격이 짧아졌다. 번번이 내가 들어갈 때마다 곽도훈은 분노하고 있었다.

그 말은 즉 곽도훈이 분노하고 있을 때마다 이 현상이 일어난다는 것이었다. 신빙성이 있었다. 우리는 분노의 대상이 같으니깐. 빈도가 잦아진다는 건 곽도훈이 더욱 크고 강한 나쁜 기운을 내뿜고 있단 소리였다.

내가 걔 없애 준다고.

못 알아들어?

너 두려워하는 그 애만 없으면
걱정 없는 거 아냐?

그게 무슨 소리야?

장이나랬지?

이나…!

안 돼...!

"이나야, 장이나."

다시 정신이 들자마자 이나를 불렀다. 하지만 이나가 느껴지거나 이나가 있는 곳으로 금방 이동할 수가 없었다. 이나는 언제나 나를 생각했고 그래서 나는 이나가 잘 때를 빼고는 늘 느낄 수 있었다. 하지만 지금은 아니었다. 낮잠이라도 자고 있는 걸까? 설마 벌써 무슨 일이 생긴 걸까? 곽도훈이 아무리 가까이 있다고 해도 방금 자신의 아지트에서 출발해서 그새 이나를 해코지했을 리 없었다. 이나의 집까지 그렇게 가까운 거리일 리 없었다.

"설마… 아닐 거야. 아니지? 이나야."

부정하며 전화를 걸었지만 이나는 받지 않았다. 불안함이 커져 갔다. 하는 수 없이 우진에게 전화를 걸었다. 이나가 위험하다고 알리자 우진 역시 소스라치게 놀랐다. 나는 먼저 이나네 집으로 이동했다. 이나네 집은 이제 내가 잘 아는 곳이어서 언제든 이동이 가능했다.

"야옹."

내가 나타나자 냐아가 나에게 다가왔다. 나를 무시하던 냐아가 먼저 다가오는 일은 심상치 않은 일이었다. 나는 서둘러 이나를 찾아 집 안을 둘러보다가 주방 식탁 뒤로 쓰러져 있는 이나의 발을 보았다.

"장이나!"

이나는 정신을 잃고 쓰러져 있었다. 내 목소리를 듣지 못했다. 우진이 올 때까지 나는 발만 동동 굴렀다. 냐아도 어쩔 줄을 모르고 이나 주위에서 냐옹냐옹 애처롭게 울기만 했다.

내 연락을 받은 우진이 신고를 하고 달려온 덕에 이나는 금세 병원으로 옮겨졌다. 쇼크로 잠시 정신을 잃기는 했지만 위험한 상황은 아니라고 했다.

"이나야, 이나야, 제발 눈 좀 떠 봐! 제발!"

나는 울었다. 아무것도 안 보일 정도로 눈물이 마구 쏟아졌다. 의사 선생님이 뭐라고 했든 간에 이나가 쓰러진 사실이 중요했다. 곽도훈이 이나를 노리는 줄도 모르고 다른 곳에 있었던 것이 미안했다.

"그 자식 가만 안 둘 거야! 감히 누굴 건드리는 건데!"

우진은 평소와 달리 엄청나게 흥분하며 화를 냈다. 꼭 다른 사람 같았다. 흥분한 그 얼굴에 언뜻 눈물이 고여 있는 것 같았다.

나는 이나 손을 잡았다. 잠깐만 잡을 수 있었지만 잡고 또 잡아가며 매달렸다. 이나를 잃는다는 건 상상도 할 수 없었다. 하나뿐인 내 친구였다. 내 목숨이 조금이라도 남아 있다면 이나에게 주고 싶었다. 귀신으로 살면서 복수를 하지 않아도 좋았다. 이나만 건강하다면.

우진은 이나의 얼굴을 내려다보며 울먹였다.

"장이나. 제발 일어나. 내가 하고 싶은 말이 있다고."

"괜찮을 거야. 의사 선생님이 괜찮다고 했잖아."

도리어 내가 우진을 위로했다. 우진이 서연의 편이 아니라는 게 확실해 보였다. 그동안 의심한 게 미안했다. 우진이 좋아하는 사람은 분명히 서연이 아니었다.

"이우진, 미안해. 다 나 때문이야. 한서연과 엮이지 않았더라면 이나에게 이런 일은 안 생겼을 텐데. 내가 이나와 괜히 친구가 되는 바람에 이런 일이 생긴 거야."

"…그래서 후회돼?"

힘없는 목소리가 물었다.

"아니. 그건 아니야. …어? 이나야? 깨어났어?"

어느새 이나가 눈을 뜨고 나를 바라보고 있었다.

"나… 어떻게 된 거야?"

"기억 안 나?"

이나는 아무것도 기억 못 했다. 그저 평소처럼 냉장고에서 반찬을 꺼내어 식탁에 차리고 밥솥에서 밥을 퍼서 저녁을 먹었다고 했다. 곽도훈이 집으로 오거나 또 다른 누군가가 오지도 않았다.

"그럼 어떻게 너에게 독을 먹인 거지?"

곽도훈이 정말 이나를 죽이려 했다고 생각하지 않았다. 독의 양을 조절하는 실험을 하던 곽도훈이 이런 실수를 할 리 없었다. 일부러 미량의 독을 넣어 쓰러뜨리는 정도로만 타격을 준 것 같았다.

보호자인 할머니가 올 동안 이나를 돌봐야 하는 우진을 두고 나는 이나네 집으로 이동했다. 보호자 문제가 아니어도 둘만의 시간을 주고 싶어졌다. 냐아는 문 앞에서 구슬프게 울고 있었다. 119 구급대가 이나를 데리고 나갈 때도 그 자리에서 울고만 있었다.

냐아는 이나가 이 집에 데려온 순간부터 이곳을 떠나지 않았다. 이곳이 자기 집이라도 되는 양 이나가 외출해도 꼭 집을 지켰다. 지박령이 된 것 아니냐는 농담이 나올 정도였다.

"냐아, 이나에게 데려다줄까?"

나는 팔을 뻗었지만 냐아는 내 품으로 들어와 안기지 않았다.

"네가 여기서 못 나가는 게 아니라는 거 알아. 그저 여기 있고 싶은 거지? 간만에 생긴 집을 빼앗길까 봐 그러는 거지?"

냐아를 이해했다. 떠도는 영혼이 된다는 것은 너무 외로운 일이었다. 허무하고 쓸쓸하고 슬펐다. 존재를 부정당하고 나조차도 자신을 인정 못 한다는 건 그런 일이었다.

"이나가 어떻게 독을 먹게 된 걸까? 넌 봤지?"

냐아에게 물었다. 물론 대답은 돌아오지 않았다. 나는 집 안을 찬찬히 훑어보았다. 밥을 먹고 미처 하지 못한 설거지통의 그릇들이 보였다. 그리고 식탁 위에는 물병과 반쯤 물이 따라져 있는 컵,

녹즙 종이팩이 있었다.

"아."

순간 떠오른 장면.

곽도훈이 있던 장소의 상자 위에 빈 컵라면 용기 말고 뭔가가 더 있었다.

음료수 종이팩.

이나네 집 녹즙 종이팩과 똑같은 실루엣이다.

곧장 이나의 병실로 가 물었다.

"맞아! 그런데 이상한 건 날마다 두 팩이 오는데, 오늘은 한 팩만 왔어."

나머지 한 팩이 어디 있는지는 뻔했다. 나는 그게 어디 있는지 이미 보았으니까.

10. 그곳

이나가 마시는 녹즙은 매일 새벽 두 팩씩 배달되었다. 그러나 오늘 아침에는 한 팩만 왔다. 아니, 누군가 한 팩을 훔쳐가고 이나가 마실 나머지 한 팩에는 독을 넣은 것이다.

나무를 숨기는 가장 효과적인 방법은 숲에 숨기는 것이다. 녹즙은 독초의 냄새를 가장 효과적으로 감출 수 있는 숲이었다. 즙을 내어 주사기를 이용해 주입하면 아주 감쪽같았다.

곽도훈의 목표는 결국 이나였다. 이나를 죽이려던 건 아니었던 듯 하지만 보여 주기 식의 행동으로 서연에게 잘 보이고 싶었는지 모른다.

하지만 그렇다면 나머지 한 팩을 일부러 가져갈 이유가 없는데….

"찜찜해."

이나도 이상하다고 했다. 뭔가 느껴지는 게 없느냐고 물었지만 이나는 고개를 저었다.

"네 안경에 금이 가면 갈수록 난 결계를 하나씩 더 추가해서 단단히 쳤어. 결계를 치느라 기운이 많이 떨어졌나 봐. 나에게 독이 올 거라는 불길한 예감도 느낄 수 없었으니까. 하지만 한 가지는 분명해. 곽도훈의 분노가 누구 때문인지."

그건 나도 알았다. 옆에 있는 우진도. 우리 모두 알았다. 고양이를 대상으로 했던 실험은 죽지 않고 아프기만 할 만큼의 용량을 알아내기 위한 것이었다. 실제로 이나에게는 치사량이 아닌 미량의 독을 넣었다. 하지만 다음 목표물에게는 그렇지 않을 수도 있었다.

우리가 예상할 수 있는 다음 목표물은 한 사람밖에 없었다.

한서연.

가질 수 없다면 파멸시키고 싶은 게 인간의 악한 본성 아닐까.

"그런데 그게 나랑 무슨 상관인데?"

실험은 끝났다. 이제 더는 고양이가 죽거나 다치지 않을 것이다. 이나도 멀쩡했다. 더없이 좋은 점은 곽도훈이 나 대신 서연에게 복수할 예정이란 것이다.

"진짜 복수를 원하는 거야?"

이나가 물었다. 솔직히 복수를 원하지 않는다는 건 거짓말이었다. 누구보다 서연이 불행해지길 바라는 나였다.

또 머리가 어지러웠다. 이제는 깨질 듯 아파 왔다.

"다시 시작하나 봐. 점점 잦아지고 있어."

곽도훈의 분노가 더 커졌고 폭주하고 있다는 증거였다. 이나와 우진이 눈을 동그랗게 뜨는 게 보였다. 나는 다시 곽도훈에게 날아 갔다.

눈을 떠 보니 우진과 이나가 나를 바라보고 있었다.

"나 사실 짐작되는 곳이 있어. 직접 가서 확인해 보려고 했는데."

우진이 기다렸다는 듯 말했다.

"큰 화분과 식물을 파는 화훼농원이 있어. 엄마랑 같이 가서 사오곤 하던 곳인데, 여기서 멀지 않은데도 가다 보면 단번에 풍경이 시골처럼 바뀌는 곳이야. 좀 전에 외삼촌에게 전화해서 물어보니까 지금 이 신도시 아파트에 입주해 있는 집들 중 많은 사람들이 예전에는 그 동네에 살았대. 기억은 안 나지만 나도 어릴 때 잠깐 살았다더라."

"그럼 거기 아파트가 있는 거야?"

"응. 재건축을 기다리느라 주민이 거의 없는 빈 아파트가 있대."

비어 있는 집. 아마 곽도훈네 집에서 세를 주며 유지하던 집일 것이다. 곽도훈이 어린 시절 살았던 집. 모든 게 일치했다.

지금 당장 가야 서연을 구할 수 있었다. 아마도 곽도훈은 서연에게 독을 먹이려 들 것이다. 나는 우진과 이나에게 방금 본 사실을 말해야 할지 망설여졌다. 서연이 미웠다. 차라리 그 독을 먹고 죽기를 바랐다.

잠시 이나의 집으로 이동했다. 냐아가 나를 보고 놀라 고개를 번쩍 들었다.

"이리 와. 이나에게 가자. 네가 여길 떠나도 이나는 네 친구야.

그걸 믿어야 해.”

내 진심이 전해졌는지 한 번도 나에게 오지 않던 냐아가 스르르 와서 안겼다. 나는 다시 이나에게로 가서 냐아를 안겨 주었다.

“사실 한서연이 곽도훈을 만나러 갔어. 빨리 그 집으로 가야 해. 이나가 사라졌다고 한 녹즙팩도 곽도훈이 가지고 있어.”

우진과 이나가 놀라 서로를 바라보았다.

나는 우진에게 주소를 받아 우진과 이나보다 훨씬 먼저 그 아파트로 향했다. 남향집은 딱 한 동이었고, 비어 있는 오래된 아파트는 1층 현관에도 비밀번호가 없이 활짝 열려 있었다. 내가 옥상으로 올라갔을 때 곽도훈과 한서연, 두 사람이 나란히 앉아 밤하늘을 보고 있었다.

“널 처음 만났을 때 기억나. 너 그때 여기서 엄청나게 울고 있었잖아.”

곽도훈이 나지막한 목소리로 말했다. 고양이를 괴롭힐 때와는 전혀 다른 사람 같았다.

“쓸데없는 소리 하지 말고 용건이나 말해.”

반면 서연의 목소리는 차가웠다.

“완벽해지기 위해 네가 얼마나 노력하는지, 얼마나 힘든지 그날 나는 다 봤어. 우리가 어린 시절 살던 이 아파트에서만은 넌 진실

될 수 있었던 거지."

"이런 소리 들으려고 나온 거 아니야. 장이나가 어떻게 되었는지를 말하라니까? 그리고 그 고양이는 또 뭐야?"

그러고 보니 곽도훈은 아기 고양이를 한 마리 안고 있었다. 저번에 곽도훈과 함께 있던 그 녀석인 모양이었다. 다행히 건강해 보였다.

"장이나는 병원에 있어. 내가 처리했거든. 이제 널 위협하지 못할 거야."

"정말?"

서연 얼굴에 반가운 표정이 스쳐 지나갔다. 그걸 보는 순간 내 숨이 가빠 왔다. 한서연은 여전히 악마였다. 악귀는 내가 아니라 저 여자애였다!

"그런데 어떻게? 불법적인 일을 한 건 아니지?"

단순한 호기심일까, 아니면 걱정일까?

"그냥 내 방식대로 처리한 거야. 단짝 친구도 다치게 한 애가 뭘 걱정하는 거야? 아 그리고 보니 그 애도 옥상에서였지? 이름이… 아린이던가?"

"아린이는 내가 그런 거 아니야. 말을 안 들어서 다른 애들이 조금 겁을 줬더니 혼자라도 벌을 받겠다고 난리 치다가 발을 헛디뎌서 떨어진 거라고."

"그래? 그랬던가?"

곽도훈이 비아냥거리며 웃었다. 나는 기억했다. 떨어지던 순간 아린의 눈빛은 겁에 질려 있었다. 그 애를 옥상 난간에 올라가게 한 것은 죄책감이었을까, 그 애들의 위협이었을까?

"그보다 장이나 건 말이야. 혹시… 나중에 무슨 문제가 생기면… 내가 연관되었다는 걸 사람들이 아는 건 아니겠지? 완벽하게 처리해야 해. 알지?"

서연은 걱정하는 거였다. 이나가 아니라 바로 자기 자신을.

"알았어. 숨이나 돌리고 이야기해."

곽도훈이 서연에게 빨대를 꽂은 녹즙팩을 건넸다. 서연은 잠시 망설이더니 입으로 빨대를 가져갔다.

그래. 바로 그거야. 마셔. 마시라고.

이미 뛰지 않는 내 심장이 다시 요동쳤다.

안 돼. 그건 복수가 아니야.

어디선가 이나의 목소리가 들리는 것 같았다. 이나는 나에게 절대로 악귀가 되어서는 안 된다고 했다. 내가 서연을 죽이고 악귀가 된다면 진정한 복수를 하는 게 아니라고 했다. 죽는 것보다 더 흉악한 것이 악귀가 되는 거라며. 서연을 해치는 걸 방조해도 악귀가 될까? 욕망이 일렁거렸다. 곽도훈을 이용해 한서연을 없애려는 욕망. 곽도훈에게 들어갈 때마다 생각했다. 이 분노가 내 것인가, 곽

124

도훈의 것인가. 내 화를 곽도훈에게 전달하고 있는 것은 아닐까?

하지만 점점 그게 아니라는 걸 깨달았다.

그래. 난 그와 달라. 모든 것을 바로잡고 싶었을 뿐이야.

나의 복수는 그랬다. 서연이 이대로 자신의 잘못을 뉘우치지 못
하고 죽는다면 진실을 밝히고 바로잡을 방법은 사라지고 말 것이
다.

잠깐의 시간이 영겁의 세월처럼 느껴졌다.

서연이 빨대를 입에 물었다.

"안 돼!"

나는 소리치며 온 기운을 쏟아 냈다. 놀랍게도 내 서슬에 서연이 들고 있던 녹즙팩이 날아가 땅으로 떨어졌다.

"씨발."

다정한 척 가면을 썼던 곽도훈이 돌변하며 서연 팔을 거칠게 잡아 흔들었다.

"일부러 그런 거지? 다 알고 떨어뜨린 거지?"

곽도훈의 분노가 걷잡을 수 없이 커졌다는 게 보였다. 그에게서 검은 연기가 솟는 게 보였다. 내 눈에만 보이는 것일지도 몰랐다. 검은 연기는 곽도훈의 눈과 코와 입, 귀, 온몸의 구멍이라는 구멍에서 다 뿜어져 나와 몸을 휘감았다. 연기가 곽도훈을 옴짝달싹 못하게 묶고 집어삼키고 있었다.

차마 다가갈 수가 없었다. 내게 그 검은 연기가 넘어와 달라붙을 것만 같아 두려웠다.

쾅.

옥상으로 올라오는 철문이 거칠게 열렸다. 우진과 이나가 서 있었다.

"너!"

우진을 본 곽도훈이 눈을 크게 떴다. 이미 검은 연기에 집어삼켜진 곽도훈은 흥분한 상태였다. 벌떡 일어나 마치 포효하는 짐승처럼 우진에게 달려들었다. 그 바람에 곽도훈이 안고 있던 아기 고양이가 내던져졌다.

"캬아!"

어디서 나타났을까? 집채만 한 그림자가 곽도훈과 우진 사이에 끼어들었다. 무슨 일이 일어난 건지 모두 우왕좌왕하고 있는 사이에 아기 고양이는 서연이 떨어뜨린 음료팩으로 다가갔다.

"안 돼!"

괴수는 순식간에 곽도훈을 쓰러뜨리고 아기 고양이 쪽으로 달려갔다.

"냐옹!"

냐아였다. 아기 고양이 목을 살짝 물어 구해 낸 냐아는 곽도훈을

127

노려보았다. 금방이라도 곽도훈에게 다시 달려들 눈빛이었다.

"안 돼. 냐아."

나는 냐아를 껴안았다. 냐아의 몸집이 점점 줄어들어 원래 크기로 돌아갔다.

"아기 때문이었구나."

냐아가 구천을 떠돌며 떠나지 못했던 이유. 그건 곽도훈이 마지막 실험을 위해 데려간 아기 고양이의 엄마이기 때문이었다.

"캬아아."

냐아는 다시 괴수의 소리를 내며 등을 활처럼 휘었다. 금방이라도 몸을 부풀려 다시 괴수가 될 것 같았다.

"안 돼. 악귀가 되어서는."

나는 다시 냐아를 안았다.

"다행히 아기는 무사해. 캔 먹이를 거부하고 안 먹은 것 같아."

나는 아기 고양이의 홀쭉한 배를 어루만졌고 냐아는 아기를 지키려는 듯 아기와 몸을 겹쳐 품었다.

"아기는 괜찮아. 내가 데려가서 돌볼게. 약속해."

이나도 나서 설득했다. 냐아는 이나를 바라보더니 순식간에 갸르릉거리며 편안한 숨소리를 냈다. 이나가 아기를 안았다. 냐아가 희미해졌다. 그리고 나를 보더니 내 손에 자기 등을 비볐다.

냐아의 눈빛이 젖어들어 갔다.

냥—

냐아

스윽

"응? 나한테도 인사를 하는 거야?"

마지막 인사가 이나가 아니라 나라니, 냐아의 뜻밖의 행동에 깜짝 놀랐다. 하지만 냐아는 점점 희미해지더니 금세 사라져 버렸다. 내 손바닥 위에는 냐아의 털 몇 가닥이 남아 있었다.

"곽도훈! 너 이 자식! 너 때문에 이나가…!"

우진이 소리쳤다. 곽도훈은 냐아에게 밀려 쓰러진 그대로 누워 있었다. 검은 연기는 어느새 걷히고 없었다. 곽도훈에게 깃들었던 악한 기운도 더는 느껴지지 않았다. 우진이 곽도훈을 깔고 앉아 주먹을 치켜들었다.

"그만해!"

이나가 소리쳤다.

"왜 그래? 방금 그게 뭐야, 도대체?"

곽도훈이 얼빠진 얼굴로 말했다. 복수심에 이글대던 전과 눈빛이 달랐다. 그런 게 모두 쑥 빠져 버리고 그 자리를 공포가 채우고 있었다. 우진은 여전히 씩씩대고 있었지만 주먹을 내렸다.

"한서연? 어디 갔지? 서연아…!"

곽도훈이 놀라 주위를 둘러보더니 엄마 잃은 아기처럼 애처롭게 서연을 찾고 있었다.

그러나 모두가 정신없는 사이를 틈을 타 한서연은 이미 사라지고 없었다.

11. 복수의 시작

곽도훈의 빈집에서 어느 정도의 증거들이 나왔다. 독초를 짓이겨 모아 둔 것과 고양이에게 주던 캔이 그것이었다. 이나네 아파트 CCTV에 야구모자를 눌러쓰고 현관 앞에 걸린 녹즙 주머니를 뒤지는 곽도훈도 찍혔다. 화훼농원에서 협죽도를 구입한 정황도 나왔다. 모든 증거가 완벽했다. 고양이들과 이나를 해치려 한 죄를 충분히 물을 수 있었다.

"그런데 왜 그냥 풀려난 거냐고!"

이나가 테이블을 내리쳤다. 그 바람에 냐아의 아기 '야야'가 놀라 멀리 도망갔다. 우리는 허탈한 마음으로 이나네 집에 모여 있었다.

곽도훈은 경찰서에서 훈방조치만 받고 풀려 나왔다. 학교에서는 한 달 정학 처분 되었다지만 우리가 생각한 처벌과는 너무나 거리가 먼 가벼운 벌이었다. 우리에게는 엄청난 범죄였던 것이 단지 호기심 어린 학생의 장난 및 실험으로 결론이 났다. 곽도훈의 아버지가 재계의 인사였다는 건 뒤늦게 안 사실이었다.

"그 아버지도 이상하다. 쫓아낼 때는 언제고 갑자기 아들을 챙기네?"

이나가 불만을 토로했다.

"아들이 문제가 되면 자기 체면에도 문제가 생기니까 그런 거겠지."

우진이 담담하게 말했다. 고양이와 이나 건에 누구보다 분노한 우진이지만 결과가 이렇게 된 건 어쩔 수 없다고 생각하는 듯했다.

"우리가 할 수 있는 게 너무 없다. 한서연 이름은 언급도 안 됐어."

경찰서 조사에 쫓아갔던 나는 한서연에게 아무런 타격도 줄 수 없었다는 게 더 분했다. 곽도훈은 정말 한서연에 대해 입 한 번 벙긋 안 했다.

"한서연 이름이 나왔더라고 해도 결과는 곽도훈과 같았을 거야."

"그게 무슨 소리야?"

"한서연 부모님이 누구신지 모르는구나?"

우진은 고개를 절레절레 흔들었다. 이나와 나는 누구인지 묻지 않았다. 알고 싶지도 않았다.

어느 날 밤. 나는 눈을 감고 자고 있었다. 곽도훈에게 깃드는 빙의 현상은 그 뒤로 일어나지 않았다. 그날에 대한 꿈도 한동안 꾸지 않았다.

그런데 오늘은 눈을 감고 있으려니 꿈을 꿀 것만 같은 기분이 들었다.

어느새 나는 시간을 거슬러 그날로 돌아가 있었다.

달려야 해.

나는 정신없이 내달렸다. 신발이 벗겨져도 챙길 여유가 없었다.

"야!"

뒤에서 나를 찾는 고함이 들려왔다.

어느 순간 산 아래 저 멀리서 누군가 올라오는 게 스쳐 보였다. 아주 잠깐 도움을 청할까 하는 생각이 들었지만 그쪽에서 여기 소리가 들리지 않을 거란 걸 깨달았다. 소리가 들렸다면 서연 무리가 지르는 소리를 듣고 반응을 보였을 텐데 그 애는 그저 자기 할 일을 하며 미동도 없었다.

그래서 나는 계속 달릴 수밖에 없었다. 친하지는 않았지만 그 애는 도움을 청할 만한 든든한 아이였으므로 아쉬움이 컸다. 간절한 마지막 희망이었다. 하지만 그렇게 그냥 지나 보내야 했다.

비가 그쳤다. 구름이 걷힌 하늘은 붉게 물들었지만 내 쓸쓸함도

서러움도 차가움도 아무것도 해결되지 않았다. 나는 그대로 죽었다. 처음에는 뜨겁던 피와 몸이 싸늘하게 식어 갔다.

괴로웠다. 하지만 내 영혼은 불타듯 뜨거워졌다.

"아!"

눈을 떴다. 그 애 얼굴이 선명했다. 까맣게 있던 기억의 한 조각이 채워졌다. 편린들은 하나의 단서를 가리키고 있었다.

삽.

그 애가 삽을 들고 산을 막 오르고 있었다. 내가 여기서 서연 무리에게 쫓기고 있다는 걸 까맣게 모른 채. 그 애는 아직도 모를 것이다. 우리가 동시에 같은 시각에 그 산에 있었다는 것을. 내 죽음은 조작되었고 훼손되었으며 결과적으로 무시당했다. 그 애가 우리를 목격했다면 모든 게 달라졌을 것이다.

그 애를 볼 때마다 내내 찜찜했던 이유를 이제야 알았다. 기억나지 않았던 한 조각이 내 가슴을 찌르고 있었던 것이다.

"이우진이… 거기… 있었어."

내가 산 중턱에서 봤을 때 막 산을 오르고 있었으니 다소 시간차가 있긴 했지만 어쨌든 우리는 같은 장소에 있었다. 이 우연이 어떤 의미를 가질까.

멍한 상태로 일어서 밖으로 나갔다. 밖은 깜깜하고 조용했다. 그

134

런데 묘하게도 새벽의 고요함이 오히려 내 마음을 편하게 해 주었다. 두렵지 않았다. 내 마음은 어딘가로 가라고 하고 있었다. 누군가 나를 부르고 있었다.

끌리듯 시키는 대로 걸었다. 낯설지 않은 길을 따라 쭉 가다 보니 그곳이 나왔다.

"흑. 흑흑."

울음소리가 났다. 아무도 없는, 시간이 멈춰 버린 낡은 아파트 옥상 위에서 누군가 울고 있었다. 내 마음이 다시 일렁거리기 시작했다.

"으헝. 흑."

도대체 왜 울고 있는 걸까. 울고 있어야 하는 건 네가 아니라 나였다. 만약 네가 울어야 한다면 그건 나를 위한 사죄의 의미가 되어야 했다. 하지만 지금 이 울음이 그런 종류는 아닐 듯했다.

"아, 스트레스 쌓여. 신경 쓰여서 못 살겠어! 왜 다들 날 못 잡아먹어서 안달인 거야? 난 꼭 그 학교에 가야 한다고! 거긴 내 자리야, 태어날 때부터 정해진 내 자리라고!"

서연은 다 울었는지 뭔가를 집어던지며 소리쳤다. 곽도훈이 서연을 처음 만났을 때도 이 옥상에서 울고 있었다고 했다. 아무래도 이곳은 서연이 스트레스를 혼자 삭이기 위해 드나드는 비밀 장소인 듯했다.

"아냐. 괜찮아. 다 괜찮을 거야. 도훈이도 아무 말 안 했잖아? 장이나도 이 정도면 웬만큼 알아들었겠지. 그리고 어차피 증거 하나 없는걸?"

서연의 혼잣말을 듣고 있노라니 다시 화가 치밀었다. 하지만 이나를 생각하며 참았다. 나는 이미 알고 있었다. 이나가 독을 먹고 쓰러졌던 순간 이나가 친 결계가 사라졌다는 것을. 저번에 곽도훈과 한서연을 옥상에서 만났을 때 나는 마음만 먹으면 서연을 해칠 수 있었다. 하지만 그렇게 하지 않았다. 악귀가 되는 것은 또다시 지는 셈이었다.

대신 다른 복수를 이제 시작할 참이었다. 나는 냐아가 내게 남기고 간 영의 털을 지니고 다녔다. 그리고 혹시나 싶어 챙겨 온 냐아의 아기 야야의 털을 꺼냈다. 우진이 나를 보게 된 날, 이나는 고양이 털이 원인일 거라고 추측했다. 그건 정확한 원인이 아니었다.

냐아가 나에게 털을 주었을 때 나는 정답을 알게 되었다. 직접 말하지 않았지만 우리는 같은 영으로써 소통할 수 있었다.

살아 있는 고양이의 털과 죽은 고양이 영의 털. 둘의 조합이었다.

냐아와 야야의 털을 겹쳐 쥐었다. 그리고 천천히 서연에게 다가 갔다. 서연은 집으로 가려는지 자리에서 일어섰다.

나는 그 앞에 섰다.

"악!"

날카로운 소리가 밤하늘을 갈랐다. 서연이 내 쪽을 보며 비명을 내질렀다.

"너, 너…."

서연의 손가락이 정확히 나를 가리켰다. 그 애의 눈동자에 이루 말할 수 없는 공포가 가득 찼다.

"김슬아?"

서연의 눈동자에 공포와 함께 내가 비쳤다. 나는 씨익 웃었다. 이제 진짜 복수가 시작되었다.

3권에서 계속…

소녀 귀신 탐정

2 시체는 말한다

글 선자은 | **그림** 이윤희

펴낸날 2019년 12월 2일 초판 1쇄, 2022년 3월 31일 3쇄

펴낸이 위혜정 | **기획·편집** 위혜정, 윤기홍 | **디자인** dal.e

펴낸곳 슈크림북 | **주소** 서울시 동대문구 답십리로 41길33

전화 070-8210-0523 | **팩스** 02-6455-8386 | **메일** chucreambook@naver.com

출판등록 제2019-000016호

ISBN 979-11-967164-7-9 04810

ISBN 979-11-967164-5-5 (SET)

※ 잘못된 책은 구입처에서 바꾸어 드립니다. ※ 값은 뒤표지에 있습니다.

instagram.com/chu cream book

한번 맛보면 헤어 나올 수 없는 북 콘텐츠를 만나 보세요!